HEYNE
CRIME CLASSIC

D1722437

Vom gleichen Autor erschienen außerdem
als Heyne-Taschenbücher

Tod auf der Treppe · Band 1736
Einsame Magdalena · Band 1784

HENRY WADE

FÜNF TOTE
UND KEIN TÄTER

Ein klassischer Kriminalroman aus dem Jahre 1947

WILHELM HEYNE VERLAG

MÜNCHEN

HEYNE-BUCH Nr. 1883
im Wilhelm Heyne Verlag, München

Titel der englischen Originalausgabe
NEW GRAVES AT GREAT NORNE
Deutsche Übersetzung von Daisy Remus

ISBN 3-453-10474-9

1 Die Gemeinde

Durch die großen Fenster der Kirche von Great Norne drang heller Lichtschein, begleitet von dem fröhlichen Klang lauten Gesangs. Der Kirchenchor von St. Martha beendete gerade seine wöchentliche Übungsstunde; an diesen Freitagabenden genossen die Mitglieder es gemeinsam, sich einmal außerhalb des gottesdienstlichen Rahmens zu verausgaben, besonders jetzt, da die Sommerzeit vorbei war und man bei aufmunterndem Lichterschein sang. Vom Kirchhof aus hätte sich das Ganze wahrscheinlich sogar gut angehört, denn auf die kurze Entfernung übertönte der Rest des Chores den piepsigen Sopran von Miß Emily Vinton, die — wenn man hier überhaupt von einer Tonart sprechen konnte — alles um einen Halbton zu tief sang.

Seit zehn Jahren bat der bereits völlig zermürbte Organist seinen Pfarrer nun schon, mit Miß Vinton doch einmal über die Möglichkeit eines ehrenvollen Abschieds zu sprechen, aber bisher hatte sich Mr. Torridge dazu nicht überwinden können. Die letzten fünfzig Jahre lang hatte Emily diesem Chor ihre Stimme gewidmet, und dabei waren sie und ihre Schwester meistens die Stützen gewesen, auf die sich der jeweilige Chorleiter verlassen konnte. Vor zwölf Jahren aber war Beatrice plötzlich von einer Lähmung befallen worden, und seit dem Abend dieses tragischen Ereignisses hatte Emily nie wieder zu ihrer alten Stimmlage zurückgefunden.

Pünktlich um sieben verstummte der Gesang, das große Südportal öffnete sich, und eine Horde von kleinen Jungen und großen Mädchen stürmte heraus, langsam gefolgt von den Älteren, sechs Frauen und vier Männern. Zuletzt kam der Pfarrer, in Soutane und Birett, sein Organist und Chorleiter und eine kleine, altmodisch gekleidete ältere Dame.

»Ach, Herr Pfarrer, ich finde, wir waren heute abend einfach wunderbar«, rief Miß Vinton aus, als sie aus dem Portal ins Freie trat. »Mr. Kersey hat uns so schwungvoll mitgerissen; er hat mich geradezu zu Höchstleistungen angespornt. Übrigens, kommt Freddy Porter nicht langsam in den Stimmbruch?«

»Ja, das ist einer von denen, die uns bald verlassen müssen«, antwortete der Organist düster und eilte schnell davon, um nicht der Versuchung zu erliegen, mehr zu diesem Thema zu sagen.

Die Lichter in der Kirche waren jetzt gelöscht, und Josiah Chell, der Küster und Totengräber, schloß unter lautem Schlüsselgeklapper die große Tür ab.

»Und wie geht es Miß Beatrice heute?« fragte der Pfarrer, der es eigentlich eilig hatte, aber seiner treuen Stütze gegenüber nicht unhöflich erscheinen wollte.

»Oh, wie immer, sie ist so bewundernswert tapfer«, rief Miß Vinton aus, und ihre dünne Stimme zitterte dabei.

»Sie ist wirklich eine gute Frau, voller Würde; sie . . .«

»Würdevoll wie ein Opferlamm«, tönte eine rauhe Stimme hinter ihnen.

Der Pfarrer fuhr zusammen.

»Also wirklich, Josiah, nehmen Sie sich zusammen. Ihre Bemerkungen sind unpassend und gottlos.«

Chell knurrte mürrisch. Schließlich wußte er das nur allzu gut, und er genoß seine Rolle als ›enfant terrible‹ mit geradezu diebischer Freude. Totengräber waren rar, und er war sich der Stärke seiner Stellung bewußt. Wenn er schon schlecht bezahlt wurde, wollte er wenigstens seinen Spaß haben.

»Darf ich Sie nach Hause bringen?« fragte Mr. Torridge, insgeheim hoffend, sie möge ablehnen.

»Vielen Dank, aber das ist wirklich nicht nötig. Im guten alten Norne wird mir schon nichts passieren.«

»Ja, das meine ich auch. Ich glaube, ich muß jetzt hineingehen. Der Colonel kommt heute, um mit mir die Kirchenbücher durchzugehen. Dann gute Nacht, und vielen Dank für Ihre Hilfe.«

Der Pfarrer machte eine Handbewegung, die halb Gruß, halb Segen war, und Miß Vinton interpretierte sie glückselig als das letztere.

Er ging den Pfad zum Pfarrhaus hinunter, während Miß Emily den Hauptweg zum Friedhofstor entlangschlenderte.

Hochwürden Theobald Torridge war seit fünfundzwanzig Jahren Pfarrer in Great Norne. Wie schon sein Vorname andeutete, kam er aus einer geistlichen Familie, die niemals von nennenswertem Einfluß weltlichen Blutes profitiert hatte. Er war in seinen Anschauungen und Interessen borniert und in der Beurteilung seiner Mitmenschen hart; im Umgang mit Gleichgesinnten allerdings war er von diplomatischer Milde. Er war ein großer, gutaussehender Mann, fast siebzig Jahre alt. Er war ein enttäuschter Mensch, denn all seine Erwartungen hinsichtlich einer Beförderung waren unerfüllt geblieben; er hatte deshalb Trost gesucht, indem er immer mehr in seinem Beruf als Geistlicher aufgegangen war. Er war ein guter Prediger und konnte seine Kirche noch immer zu zwei Dritteln füllen; allerdings bestand die Gemeinde in zunehmendem Maße aus alten Leuten, denn die Jungen ließen seine guten Seiten unbeachtet und hielten ihn für einen aufgeblasenen alten Esel.

Im Pfarrhaus erwartete ihn sein Kirchenvorsteher, Colonel Robert Cherrington, schon ungeduldig. Colonel Cherrington war ein Mann von schwerem Körperbau und cholerischem Aussehen, geradezu ein Paradebeispiel für einen Soldaten der Indian Army, in der er seine ehrenvolle Karriere gemacht hatte. Er war ein oder zwei Jahre älter als der Pfarrer, den er für einen vielversprechenden jungen Mann hielt, den man nur in die richtige Richtung lenken mußte. Er war ein tief religiöser Mensch; seine naturgegebene Religiosität war durch ein tragisches Ereignis in seiner Ehe fast in Fanatismus ausgeartet. Jener Vorfall hatte ihn auch seinen Mitmenschen gegenüber bitter werden lassen.

»N'abend, Herr Pfarrer«, brummelte der Colonel. »Hatten wir nicht sieben Uhr ausgemacht?«

»Ja, Colonel, das hatten wir. Mea maxima culpa. Es dauert immer etwas, bis ich mich von meinem Chor verabschiedet habe. Miß Emily . . .«

»Natürlich. Wenn ein Mann sich verspätet, steckt immer eine Frau dahinter.«

Diese schamlose Anspielung ließ Theobald Torridge erröten, aber er hielt es für besser, das Thema fallenzulassen.

»Nett von Ihnen, daß Sie die Bücher mitgebracht haben. Ich hoffe, die Bilanz ist positiv ausgefallen?«

»Im letzten Vierteljahr war sie nicht besonders. Die Einnahmen aus den Sammlungen gehen zurück, und die Ausgaben steigen. Dieser Chell ist sein Geld auch nicht wert.«

»Ich fürchte, da haben Sie recht. Aber es ist so schwer, Ersatz für ihn zu finden. Die Leute scheinen es heute nicht mehr nötig zu haben, sich etwas dazuzuverdienen.«

»Verwöhnt von vorne bis hinten. Uns ist es noch nie so schlecht gegangen wie jetzt, aber kein Mensch arbeitet. Mein Herr Schwiegersohn zum Beispiel lebt vom Geld seiner Frau, anstatt selber was zu verdienen. Keine Spur von Anstand.«

»Ich dachte immer, Captain Hexman wäre an der Börse.«

Colonel Cherrington schnaubte.

»Als Kommissionär, oder wie sie das nennen. Wenn Sie mich fragen, ist er eine miese Form von Buchmacher, der seinen Freunden das Geschäft wegschnappt. Da steckt keine Arbeit drin . . . und verdammt wenig Geld.«

Offensichtlich hatte Torridge da ein heikles Thema angeschnitten, und deshalb fragte er nicht weiter. Man hielt Cherrington allgemein für einen reichen Mann, aber in letzter Zeit waren Gerüchte laut geworden, daß es mit seinem Vermögen nicht mehr so weit her sei.

Die zwei Männer besprachen eine Viertelstunde lang die Quartalsbilanz der Kirche. Dann fühlte sich der Colonel reif für seinen abendlichen Aperitif, und da er wußte, daß er in diesem Haus keinen genießbaren Sherry bekommen würde, stand er auf, um sich zu verabschieden.

»Darf ich Sie zum Gartentor hinauslassen, Colonel?« fragte der Pfarrer, »das ist kürzer für Sie.«

Trotz der Kälte, die an diesem Oktoberabend herrschte, ging Torridge bis zum Tor und warf einen liebevollen Blick auf die Kirche und ihre nähere Umgebung. Der Mond schien jetzt gerade auf den hinteren Teil des Friedhofs und beleuchtete ein kleines weißes Kreuz, das abseits von den anderen vor den dunklen Eiben stand. Das mußte Ellen Bartons Grab sein. Der Pfarrer betrachtete es mit einem Gefühl von Melancholie. In dieser Ecke wollte er selbst einmal begraben werden. Bisher war sie frei geblieben, weil niemand neben einer Selbstmörderin liegen wollte. Barton würde zweifellos einmal mit seiner Frau ihr unruhiges Grab teilen; er war ein unbeugsamer, harter Mann, aber er war Christ, und Torridge hatte das Gefühl, daß er der armen Ellen ihre Sünde, für die sie so teuer bezahlen mußte, vergeben hatte, auch wenn er nie darüber sprach.

Eine große Wolke, die den Mond verdeckt und die ganze Szene in Dunkel gehüllt hatte, bewegte sich jetzt weiter und ließ helles Mondlicht durchscheinen. Einen Moment lang war Torridge verwirrt; dann blieb ihm fast das Herz stehen, als er sah, daß es anscheinend ein Schatten war, der das Kreuz verdeckte. Ein Schatten, der sich als dunkle Gestalt mit dem Schimmer eines weißen Gesichts entpuppte.

Kurz darauf verdeckte ihm erneut eine Wolke die Sicht. Dann war alles wie zuvor. Die Gestalt war verschwunden.

2   Nichts los hier

Great Norne war früher einmal ein wohlhabendes Hafenstädtchen gewesen; dann hatten Eisenbahn und größere Häfen den Handel an sich gerissen. Daß Great Norne in seiner Entwicklung nicht völlig stehengeblieben war, hatte es nur der Tatsache zu verdanken, daß es keine Nachbarorte von vergleichbarer Größe gab. Es war für ein Dutzend Dörfer Einkaufsort, und es war in einem Gebiet von etwa fünfundsiebzig Quadratkilometern der einzige Marktflecken.

Der Wochenmarkt war das wichtigste gesellschaftliche Ereignis in Great Norne. Das Marktgeschäft ließ aber trotzdem noch jedem genug Zeit für ein paar Drinks und ein ausgiebiges Mittagessen im ›Royal George‹.

An einem Dienstag saßen drei wohlhabend aussehende Bauern auf einer der bequemen Bänke dort und tranken Whisky. Zwei davon — Fred Pollitt und Jeff Lorimer — stammten aus dem Ort, der dritte war kein geringerer als der im ganzen Landkreis bekannte John Houghton aus Snottisham, dessen Einkommen aus Landwirtschaft und Viehzucht in die Tausende ging.

»Einen ganz netten Markt habt ihr hier, Fred. Viel zu klein allerdings; eure Straßen sind auch für den Viehtransport einfach zu schlecht.«

»Und wer hat Schuld daran?« fragte Fred Pollitt. »Doch nur euer verdammter Kreistag. Keinen Pfennig kriegen wir von dem. Nimm doch nur einmal die alte Holzbrücke über den Gaggle. Die wurde vor Jahren als Provisorium gebaut und steht heute immer noch, obwohl sie jeden Moment zusammenstürzen kann.«

»Ja«, meinte Lorimer, »das letzte Mal, als ich . . .«

Er wurde von lautem Gelächter von der Bar her unterbrochen. Dort stand zwischen den Bauern ein junger Mann, der sich durch sein Aussehen von den anderen abhob. Seine schlanke Figur wurde durch braune Cordhosen, ein dunkelblaues Hemd und eine karierte Tweedjacke vorteilhaft betont. Er hatte dunkles Haar und einen dünnen Oberlippenbart und sah einfach gut aus, wenn auch ziemlich verwegen. Jetzt grinste er auf einen kleinen, grauhaarigen Mann herab, dessen gerötetes Gesicht mit den wäßrigen Augen von Lachfalten durchzogen war; er war es gewesen, der mit seinem Gelächter die ernste Atmosphäre in der Bar durchbrochen hatte.

»Wer ist denn dieser junge Spund?« fragte Houghton.

Fred Pollitt beugte sich hinüber zu ihm und murmelte ihm ins Ohr: »Das ist Captain Hexman, der Schwiegersohn vom alten Cherrington. Eine ziemliche Marke; hat immer gute Geschichten auf Lager, allerdings meistens keine salonfähigen.«

»Und der alte Knabe neben ihm?«

»Der ist gar nicht so viel älter als wir beide, John. Das ist Bert Gannett. Du kennst ihn. Er war mit uns zusammen in der berittenen Miliz in Palästina.«

Houghton starrte den Mann an.

»Mein Gott! Gannett«? sagte er leise. »Den hätte ich nie erkannt. Was ist mit dem passiert?«

Fred Pollitt zuckte die Achseln.

»Die alte Geschichte. Kann die Finger nicht von der Flasche lassen. Wenn du mich fragst, das kommt nur von dem Schlag, den er in Gaza vor den Kopf gekriegt hat. Als er aus dem Hospital in Kairo entlassen wurde, hat er erst einmal mit den Australiern einen draufgemacht. Das hat sein Kopf nicht ausgehalten. Dabei war er früher ganz solide. Er war sogar auf dem besten Wege, hier einer von den ganz Großen zu werden. War Besitzer der Manor Farm, Mitglied des Kreistags und so. Aber seine Trinkerei war den Leuten zuviel, und er hat nacheinander so ziemlich alles verloren. Seine Freundin hat ihm dann auch noch den Laufpaß gegeben; die hätte ihm vielleicht helfen können. Er hat zwar immer noch die Farm, aber er haust da wie im Schweinestall, und das Land ist in katastrophalem Zustand.«

Wieder kam von der Bar her Gelächter. Captain Hexman versuchte offensichtlich gerade, sich von dem rührselig gewordenen Gannett loszueisen, der ihn dazu zu überreden versuchte, doch ›noch einen‹ zu trinken.

»Heute nicht, Gannett. Ich muß zum Essen. Ich kann den Colonel doch nicht warten lassen.«

»Würde dem alten Schuft recht geschehen. Kommen Sie mich mal besuchen, ich bin immer da.«

»Ich komme gern. Na, dann guten Morgen zusammen.«

»Scheint ein netter Kerl zu sein«, sagte Houghton, als der Soldat gegangen war.

»O ja, das ist er. Manche finden ihn zu nett, aber ich mag ihn. Er tut nicht so vornehm und hat immer gute Laune.«

»Ich verstehe nicht, wie so ein junger Kerl das Nichtstun aushält«, sagte der schweigsame Lorimer.

»Er ist also im Augenblick nicht bei der Armee?« fragte Houghton.

»Nein, er ist in den Ruhestand gegangen, als er die Tochter vom Colonel geheiratet hat. Schätze, der Colonel ist davon nicht gerade begeistert. Es heißt, daß es ihm nicht mehr so gut geht wie früher. Er sieht wahrscheinlich nicht ein, daß er dem Captain ein Luxusleben finanzieren soll.«

»Und ich kann's ihm nicht verdenken«, sagte Lorimer. »Ich glaube, er ist ein ziemlicher Parasit.«

Captain George Hexman, der keinerlei Ahnung von der verbalen Autopsie hatte, der er gerade unterzogen wurde, war inzwischen auf dem Weg nach Monks Holme, dem Haus Colonel Cherringtons. Was er allerdings genau wußte, war, daß er etwa zwei Whiskys zuviel intus hatte und daß seine Frau dazu sicherlich allerlei zu sagen haben würde. Im Augenblick allerdings fühlte er sich wohl und war mit sich und der Welt im Einklang. Deshalb blieb er gleich bei dem ersten, der ihm begegnete, stehen, um ihn zu begrüßen. Es war Richard Barton, der größte Bauunternehmer der Stadt, ein kräftiger, untersetzter Mann von etwa fünfzig Jahren. Er sah gut aus, blickte aber immer so grimmig drein, daß Hexman es sich normalerweise zweimal überlegte, bevor er ihn ansprach. Aber mit den zwei Whiskys zuviel . . .

»Morgen, Mr. Barton. Auf dem Weg ins ›George‹?«

Der Bauunternehmer blieb nicht stehen, sondern hob nur die Hand, sagte: »Guten Morgen, Sir« und ging weiter.

Hexmans Gesicht wurde vor Wut noch dunkler. Er starrte Barton nach und bemerkte das kleine Auto, das hinter ihm gehalten hatte, zuerst gar nicht. Ein junger Mann steckte den Kopf zum Fenster heraus.

»Morgen, George. Das war aber ein reichlich kurzes Gespräch.«

»Mürrischer alter Kerl«, murmelte Hexman. »Oh, hallo, Doc. Ich hab' Sie gar nicht gesehen. Was ist denn mit dem Mann bloß los?«

Dr. Stopp zwängte sich aus seinem winzigen Auto. Er war klein und stämmig, mit vorspringendem Kinn und lebhaften Augen.

»Ich glaube, der ist von Natur aus so«, sagte er. »Ich habe ihn noch nie lächeln sehen. Da fällt mir ein — da war, glaube ich, tatsächlich etwas, das ihn verbittert hat; das war aber Jahre, bevor ich hierhergekommen bin. Seine Frau hatte eine Affäre mit einem jungen Matrosen, und als Barton es herauskriegte, hat sie sich umgebracht. Aber das ist -zig Jahre her. Man sollte meinen, er müßte inzwischen damit fertiggeworden sein.«

»Ist er wahrscheinlich auch. Ich schätze, dem hat einfach Captain George Hexmans Gesicht nicht gefallen.«

»Das kann gut sein. Aber der Kerl ist so verdammt gesund, daß ich ihn nicht so gut kenne, wie ich es gerne möchte.«

»Ihr Ärzte seid wirklich ein paar Leichenfledderer. Ich glaube, Kranke sind euch lieber als Gesunde.«

»Nun, Ärzte müssen ja schließlich auch leben.«

»Nicht unbedingt. Ich glaube, daß wir ohne euch weniger Aufhebens um uns machen würden.«

»Das haben Sie doch sowieso selten getan, George. Übrigens, wann spielen wir mal wieder Golf zusammen?«

»Ich glaube kaum, daß ich noch viel länger hier sein werde«, meinte Hexman düster. »Der alte Herr hackt schon die ganze Zeit auf mir herum, ich soll arbeiten gehen. An der Börse gibt es einfach nichts zu tun; alles redet vom Krieg.«

»Ich hätte gedacht, daß Ihnen das ganz recht wäre. Ich verstehe einfach nicht, warum Sie in diesem langweiligen Nest bleiben. Hier passiert doch wirklich gar nichts. Die Leute werden geboren, leben etwa hundert Jahre, bis ihre Arterien nahezu versteinert sind, und sterben dann.«

»Es ist sicher kein Ärzteparadies«, meinte Hexman grinsend.

»Aber warum gehen Sie nicht weg, wenn es Ihnen nicht gefällt?«

»Weil ich es mir noch nicht leisten kann. Mein Vater hat mir einen Anteil an der Praxis von Faundyce gekauft, und wenn der alte Herr stirbt, fällt mir die Praxis zu. Ich glaube aber nicht, daß er das in den nächsten zwanzig Jahren tun wird.«

»Weshalb sind Sie eigentlich Arzt, wenn Sie nicht einmal eine solche Kleinigkeit in die Hand nehmen können?«

3   Im Nebel

Über der Stadt und dem Hafen von Great Norne lag dichter Nebel, der alles mit klammer Feuchtigkeit überzog und noch deprimierender war als Regen. Aber die Menschen an der Ostküste waren daran gewöhnt, und auch der alte Silas Penticle schenkte dem Nebel wenig Beachtung, als er an diesem Morgen durch das Hafengelände humpelte, um seine Arbeit zu tun. Die bestand im wesentlichen darin, den Kai zu überwachen und darauf zu achten, daß keine Kinder ins Wasser fielen oder irgendwelchen Schaden anrichteten.

Als er an diesem nebligen Morgen zu der Stelle kam, an der ein paar Stufen zum Wasser hinunterführten, fiel sein Blick auf die Sohlen eines Stiefelpaars, das sich etwa auf Höhe der dritten Stufe unerwartet dem Betrachter darbot. Die Stiefel gehörten zu einem Paar schwarzer Hosenbeine; der Rest dieser vermutlich menschlichen Gestalt war in Nebel eingehüllt. Der alte Penticle stieg langsam die Stufen hinunter, bis er den Mann, der mit dem Kopf nach unten auf dem Rücken lag, ganz sehen konnte. Als er in das Gesicht blickte, rief er aus: »Mein Gott, das ist doch der alte Herr Pfarrer!«

Er stieß einen Fluch aus, der Hochwürden Theobald Torridge sicher entsetzt hätte. Aber der würde wohl nie mehr Gelegenheit haben, Segnungen oder Flüche zu hören.

Silas Penticle hatte noch nie etwas von ›rigor mortis‹ gehört, aber während seiner Zeit als Besatzungsmitglied eines Rettungsbootes hatte er genug Tote gesehen, um zu wissen, daß diese steife Gestalt schon seit Stunden tot war. Was ihm sofort auffiel, war die Tatsache, daß die Beine in einem Gewirr von Tauen verstrickt waren. Das war zweifelsohne auch der Grund dafür, daß die Leiche nicht weiter hinunter oder sogar ins Wasser gerutscht war.

Silas befreite die Beine von dem Tauknäuel und rollte es auf. Dann beugte sich der Hafenarbeiter zu der Leiche hinunter, um herauszufinden, was eigentlich die Todesursache gewesen war, obwohl es ziemlich sicher zu sein schien, daß es sich um einen Schädelbruch oder ein gebrochenes Genick handelte. Als er den Kopf anhob, nahm er schwach einen Geruch wahr, der ihm bekannt vorkam. Er stieg noch tiefer hinunter und ging mit seinem Gesicht ganz nah an das des toten Mannes, und seine Nase identifizierte den Geruch sofort als den von Whisky.

»Na, da soll doch . . .«

Wieder hätte sich Hochwürden glücklich schätzen können, diesen Ausspruch nicht hören zu müssen.

Als er seine Hände über die Leiche gleiten ließ, klirrte es unter dem schwarzen Rock leise, und es roch wieder nach Whisky. Er steckte eine Hand in die Tasche und fand ein paar Glasscherben, die Teile einer Flasche zu sein schienen.

Silas wußte, daß der Pfarrer ein paarmal im Monat den ›Men's Club‹ auf der anderen Seite des Hafens zu besuchen pflegte; deshalb hatte er zuerst angenommen, Mr. Torridge hätte sich in dem Nebel verirrt und wäre über das Tauende die Treppen hinuntergefallen. Aber jetzt sah es ganz so aus, als gäbe es für das Abkommen vom Weg einen anderen Grund. Aber das zu entscheiden, war nicht Sache des alten Silas, und es wurde ihm klar, daß es höchste Zeit wurde, einen Arzt oder einen Polizisten zu holen. Er humpelte los in Richtung Stadt und stieß einen Augenblick später mit einem kleinen Jungen zusammen, der um eine Hausecke geschossen kam. Penticle packte ihn am Arm.

»Paß doch auf, wo du hinläufst«, rief er wütend. »Du wirst nochmal jemand über den Haufen rennen. Und jetzt kannst du mal was Nützliches tun. Lauf zur Polizei und sag ihnen, daß auf dem Kai ein Toter liegt.«

»Mann! 'ne Leiche? Wie ist das passiert?«

»Geht dich gar nichts an. Lauf schon, und tu, was ich dir gesagt habe. Und vor allem, quatsch nicht drüber.«

Letzteres war dem Jungen natürlich unmöglich, und so hatte sich lange vor dem Eintreffen der Gesetzeshüter schon eine kleine Menschenmenge auf dem Kai versammelt. Der alte Penticle stand vor der Treppe und hielt sie von der Leiche fern. Allerdings konnte er sie nicht davon abhalten, hinunterzuschauen, aber der Nebel war sowieso noch zu dicht, als daß sie die Leiche, über die er seine Öljacke gebreitet hatte, hätten erkennen können. Schließlich erschien ein Polizeiinspektor, begleitet von einem Polizisten mit einer faltbaren Trage über der Schulter. Die Menge wurde schnell in respektvolle Entfernung gedrängt, und während der Inspektor Penticle befragte, patrouillierte der Polizist wie ein Schäferhund, der die Herde unter Kontrolle hielt, auf und ab.

Kurze Zeit darauf tauchte ein Wagen auf, aus dem ein rundlicher, älterer Mann mit rotem Gesicht, grauem Backenbart und struppigem Schnurrbart stieg. Es war Dr. James Faundyce, der in Great Norne nicht nur der führende Arzt, sondern auch einer der angesehensten Bürger war.

Inspektor Heskell informierte ihn schnell über die wenigen Fakten, die ihm selbst bekannt waren, und nach einer kurzen Untersuchung wies ihn Dr. Faundyce an, die Leiche in die Leichenhalle des Cottage Hospitals bringen zu lassen.

»Dort werde ich eine gründliche Untersuchung vornehmen; es handelt sich aber zweifellos um einen Schädelbasisbruch, verursacht durch den Aufprall auf die Treppenstufe. Es wird nicht nötig sein, eine vollständige Autopsie durchzuführen. Für die arme Mrs. Torridge wird das Ganze ein furchtbarer Schock sein. Er war sicherlich auf dem Weg zu einem Kranken und hat sich in dem Nebel verlaufen.«

»Hochwürden pflegte Donnerstag immer kurz in den ›Men's Club‹ zu gehen«, sagte der Inspektor. »Ich werde nachprüfen lassen, ob er letzte Nacht da war. Können Sie jetzt schon beurteilen, wie lange er schon tot ist?«

»Nicht auf die Stunde genau, aber ich würde sagen, mindestens zehn oder zwölf Stunden.«

»Das hieße also, seit acht oder zehn Uhr; um die Zeit hätte er eigentlich im Club sein müssen.«

»Hat es eigentlich eine Vermißtenanzeige gegeben? Man sollte doch meinen, Mrs. Torridge hätte Sie gleich benachrichtigt, wenn ihr Mann nicht nach Hause gekommen wäre.«

»Nein, Sir. Sie weiß auch noch nichts von seinem Tod.«

»Dann werde ich es ihr selbst sagen; man muß es ihr so schonend wie möglich beibringen.«

»Danke, Sir. Ich werde den Chief Constable und den Leichenbeschauer benachrichtigen.«

Dr. Faundyce machte sich auf den Weg, um seine traurige Pflicht zu erfüllen, obwohl er sich gern zuerst mit einem Frühstück gestärkt hätte. Mrs. Torridge war noch im Bett, und das Mädchen sagte ihm, daß sie am Vorabend starke Kopfschmerzen bekommen und sich nach dem Einnehmen einer Schlaftablette früh ins Bett gelegt hatte. Deshalb war wahrscheinlich auch das Fehlen des Pfarrers unbemerkt geblieben; auch das Mädchen ging immer vor zehn Uhr zu Bett.

Dr. Faundyce entschloß sich, der armen Frau die Nachricht gleich beizubringen. Obwohl er es sehr behutsam tat, war es für Mrs. Torridge ein furchtbarer Schock, so daß er sie erst nach einer halben Stunde verlassen konnte.

Mrs. Torridge hatte ihm, wie erwartet, erzählt, daß sie schon vor dem Zeitpunkt, zu dem sie ihren Mann zurückerwartete, geschlafen habe. Das berichtete er Inspektor Heskill, der ihm seinerseits sagte, daß der Pfarrer nicht im Club gewesen war. Dort hatte man sich seine Abwesenheit durch den Nebel erklärt.

An diesem Abend war Silas Penticle an der Bar des ›Silver Herring‹ ganz in seinem Element. Obwohl inzwischen jeder wußte, um wen es sich bei der Leiche handelte, erweckte ein so ungewöhnliches Ereignis wie ein plötzlicher Todesfall in Great Norne jedermanns Neugierde. Die Stammkundschaft des ›Silver Herring‹ bestand fast ausschließlich aus Fischern und Landarbeitern und Leuten, die für gewöhnlich Umgang mit dieser Gruppe der Gesellschaft haben. Zu diesen Leuten gehörten Eb Creech, Zimmermann bei Richard Barton, Crooky Blake, ein Gelegenheitsarbeiter, und Josiah Chell, der Küster von St. Martha. Creech, ein Endsechziger, galt in Great Norne als Respektsperson; er war sehr gottesfürchtig und konnte deshalb Josiah Chell, den er für gottlos und schwatzhaft hielt, nicht leiden. Eb selbst mußte man jedes Wort aus der Nase ziehen; für gewöhnlich waren seine Bemerkungen allerdings das Warten wert. Blake dagegen redete gern und war witzig; er saß zwar meist für sich allein in der dunkelsten Ecke, kam aber mit den anderen Gästen gut aus, obwohl er ein Fremder war und nicht aus Great Norne stammte. Er war aus dem Norden gekommen und hatte sich als Dienstmann selbständig gemacht, wobei das ganze Geschäft aus ihm selbst und einer Schubkarre bestand. Viele Leute ließen ihre Besorgungen durch ihn erledigen, denn er war ein verläßlicher Mann, auch wenn man ihn nach Dienstschluß hin und wieder schlafend in seiner Schubkarre fand, umhüllt von einer Schnapswolke. Er hatte eine mißgebildete Schulter, und sein Alter war schwer zu schätzen; sein graues Haar und sein ruppiges Aussehen ließen ihn älter als fünfzig wirken, er hätte aber auch wesentlich jünger sein können.

Als das Lokal bis auf den letzten Platz gefüllt war und jeder etwas zu trinken hatte, forderte Jasper Blossom, der Wirt, Silas Penticle auf, seine Geschichte zu erzählen. Dieser Aufforderung kam er mit solcher Langsamkeit nach, daß seine Tischnachbarn ihm mehrere Gläser spendieren mußten, bevor er zum Ende der Geschichte kam. Der Polizei gegenüber hatte er den Whiskygeruch und die zerbrochene Flasche nicht erwähnt, und da er nicht nur ein gottesfürchtiger, sondern auch ein netter Mensch war, hatte er eigentlich auch nicht vorgehabt, dieses dunkle Geheimnis zu verraten, aber das siebte Glas — auf Kosten des Wirtes — erwies sich für seine Verschwiegenheit als zuviel, und er platzte damit heraus.

Natürlich herrschte danach große Aufregung und Gelächter, denn jetzt hatte man für den Unfall eine viel ergiebigere Erklärung als den Nebel.

»Der alte Gauner«, rief Ben Hard, einer der älteren Fischer. »Uns predigt er was vor über die Sünde des Alkohols, und dann trinkt er ihn heimlich selber.«

Blossom warf die Frage auf, was der Pfarrer überhaupt auf dem Kai gewollt hatte.

»War auf dem Weg zum ›Men's Club‹, murmelte der alte Silas.

»Eher auf dem Heimweg vom Club«, meinte Crooky Blake aus seiner Ecke. »Soll ja eine harte Trinkertruppe sein, dieser Club.«

Alles lachte, denn es war allgemein bekannt, daß es im ›Men's Club‹ nur Tee und alkoholfreie Getränke gab.

»Ich glaub nicht, daß der Schluck Whisky was damit zu tun hat. Er hat sich einfach in dem Nebel verirrt und ist über was gefallen«, sagte Ben Hard.

»Daran seid nur ihr unvorsichtigen Seeleute schuld. Laßt einfach eure Taue in der Gegend rumliegen, damit sich anständige Leute zu Tode stürzen.«

Silas Penticle tauchte langsam aus einem Meer von Bier, Brandy und Tabak an die Oberfläche und schaute Crooky eine Zeitlang fragend an.

»Wie war das mit dem Tau?« fragte er langsam. »Wer hat was von Tau gesagt?«

»Na, irgend jemand wird's schon gesagt haben. Ist doch egal, oder?« antwortete der Dienstmann.

Penticle verfiel wieder in zusammenhangloses Murmeln, und Blake stand auf und klopfte seine Pfeife aus.

»Und was hältst du von dem Ganzen, Eb Creech?« fragte er den schweigsamen Zimmermann.

Eb dachte lange über diese Frage nach und gab dann seine Meinung dazu ab.

»Ich meine, daß der arme Mann tot ist«, sagte er, »und daß es dabei gar nichts zu lachen gibt.«

Als man sich dieser Tatsache bewußt wurde, schien allgemein Verlegenheit zu herrschen.

»Da geb ich dir recht«, sagte Crooky. »Es ist ein trauriger Abend für gottesfürchtige Leute, und ich werde heute nüchtern ins Bett gehen.«

4 Ein Anruf

Die gerichtliche Untersuchung des Todesfalls Theobald Torridge verlief zur großen Enttäuschung all derer, die sich davon ein bißchen Abwechslung versprochen hatten, ereignislos. Weder die Polizei noch Dr. Faundyce erwähnten mit einem Wort den Whisky oder die zerbrochene Flasche, und da Penticle der Polizei anfangs nichts davon gesagt hatte, konnte er es auch jetzt nicht tun, selbst wenn er gewollt hätte.

Ein gut informierter Geschworener erdreistete sich, Dr. Faundyce zu fragen, ob er im Magen des Toten irgend etwas Ungewöhnliches entdeckt habe. Der Doktor blickte ihn finster an und antwortete, daß er den Magen nicht auf seinen Inhalt untersucht habe, da die Todesursache offensichtlich der Schädelbasisbruch gewesen sei. Dann wurde über den Kopf des wißbegierigen Geschworenen hinweg ›Tod durch Unfall‹ beurkundet.

Ob Dr. James Faundyce wirklich nicht mehr untersucht hatte oder ob seine Nase ihm verraten hatte, was dem empfindlicheren Riechorgan des alten Silas sofort aufgefallen war, wußte nur der Doktor selbst. Und der schwieg. Es war ziemlich unwahrscheinlich, daß die Polizei die Scherben in der Manteltasche des Pfarrers übersehen hatte. Aber warum Staub aufwirbeln? Ein Verbrechen war in diesem Fall sowieso auszuschließen. Es war ein Unfall, der jedem hätte passieren können, und der dichte Nebel war dafür Erklärung genug. Mochte Hochwürden in Frieden ruhen.

Der plötzliche und gewaltsame Tod des Pfarrers war für die Gläubigen auch so ein furchtbarer Schock. Beatrice und Emily Vinton zum Beispiel hatten ihn immer voller Respekt bewundert, und bei der jüngeren Emily war diese Bewunderung sogar bis zu blinder Anbetung ausgeartet. Beatrice dagegen war aus härterem Holz geschnitzt; sie trug ihr Herz nicht auf der Zunge. Sie widmete ihre gesamte Freizeit der Gemeindearbeit, und deshalb war es für Theobald Torridge ein furchtbarer Schlag gewesen, als Miß Vinton damals von einer Lähmung befallen worden war. Zuerst hatte es so ausgesehen, als würde sie es nicht überleben, aber da Beatrice nicht leicht unterzukriegen war und immer noch sehen, hören und auch die Hände etwas bewegen konnte, war sie bald wieder auf ihrem Posten als Haushaltsvorstand. Ihre Anweisungen schrieb sie immer auf Wachstäfelchen; das machte nicht soviel Schmutz wie Papier und Bleistift, und es gab nichts, was Beatrice so verabscheute wie Unsauberkeit, Feigheit, Unehrlichkeit und Gottlosigkeit.

Emily hatte seit damals alles getan, um ihre Schwester in der Gemeinde zu ersetzen, aber obgleich sie nicht weniger aufopfernd war als ihre Schwester, fehlte es ihr doch an Begabung, und Torridge dachte bald im geheimen, daß es wohl ein Teil der unergründlichen Vorsehung war, daß die falsche Schwester von diesem Schicksalsschlag getroffen worden war.

Trotz ihrer Frömmigkeit war Emily Vinton gern fröhlich, besuchte Freunde und lud sie auch gern ein. Letzteres konnte sie aber nur selten tun, denn Beatrice duldete in ihrem Haus nur wirklich enge Freunde, die sie mit ihrem Gerede nicht ermüdeten.

Zu diesen Freunden zählten vor allem die Beynards. Norris Beynard war der Friedensrichter und lebte zurückgezogen vom Alltagsgeschehen, weil er sich dem Tempo und dem Lärm, mit dem in Great Norne die Dinge ihren Lauf nahmen, nicht gewachsen fühlte. Beynard zog es vor, völlig in der Vergangenheit aufzugehen und sich, was die Haushaltsführung und größtenteils sogar die Verwaltung seines unbeträchtlichen Vermögens anbelangte, auf seine um fünf Jahre jüngere Schwester Catherine zu verlassen.

Mit den Vintons verstand er sich gut; er bewunderte Beatrices Mut, und Emilys schnatternde Gesell, keit amüsierte ihn.

Den verstorbenen Pfarrer und seinen Kirchenvorsteher, Colonel Cherrington, konnte er nicht leiden; trotzdem ging er relativ regelmäßig in die Kirche und spendete großzügig. Seiner Meinung nach mangelte es beiden an wahrer Christlichkeit, sie waren stolz statt demütig, und sie waren hart, wenn eigentlich Nachsicht geboten war.

Eigenartigerweise hatte Norris Beynard in den letzten Jahren gerade dem Mann das meiste Interesse gewidmet, den Dr. Stopp und Captain Hexman griesgrämig genannt hatten. Der Friedensrichter hatte damals, als sich die Tragödie mit der Frau ereignete, großes Mitgefühl mit ihm gehabt; seiner Ansicht nach hatten die redlichen Bürger der Stadt in dieser Sache völlig falsch gehandelt. Barton war im Umgang mit den meisten seiner Nachbarn tatsächlich mürrisch, aber er hatte — nach anfänglichem Zögern — auf Beynards Mitgefühl reagiert und es sich dann zur Gewohnheit gemacht, mit ihm Schach zu spielen oder über Philosophie zu diskutieren.

Catherine Beynard waren seine Besuche allerdings nicht willkommen; sie fand ihn, wie die meisten Leute, griesgrämig, egozentrisch und sogar ungehobelt. Ihrer Meinung nach war er ein ungebildeter Kerl und hatte sich den größten Teil seines Unglücks selbst zuzuschreiben. Als gute Schwester versuchte sie zwar nicht, die Freundschaft ihres Bruders und dieses Mannes zu stören, sie ermutigte sie aber auch in keiner Weise.

In die friedvollen Heime von Familien wie den Beynards und den Vintons drang die schändliche Geschichte, die in der Bar des ›Silver Herring‹ kursierte, nicht vor. Sie sprach sich aber bis nach Monks Holme herum, weil George Hexman sie von Gannett gehört hatte; der wiederum hatte sie direkt von der Quelle. Gannett verkehrte gelegentlich im ›Silver Herring‹, wo er mit all dem Respekt behandelt wurde, der ihm aufgrund seiner früheren Stellung zukam, und mit dem unausgesprochenen Mitleid, das all diese anständigen Leute mit jemandem hatten, der ins Unglück geraten war. Auch Hexman tat der Mann leid, für dessen Schicksal größtenteils der Kriegsdienst verantwortlich war. Die Geschichte von der angeblichen Versündigung des Pfarrers war nicht besonders witzig, aber sie war immerhin witziger als das meiste, was man in diesem Nest zu hören bekam. Er erzählte sie deshalb zu Hause seiner Frau, die darauf mit frostigem Unglauben reagierte und ihm ausdrücklich untersagte, ihrem Vater etwas davon zu erzählen.

»Ich verstehe einfach nicht, warum du mit einem Haufen betrunkener Bauern in der Kneipe tratschen mußt. Wenn du schon am hellichten Tag trinken mußt, warum tust du es dann nicht wenigstens mit Cyril Carnaby oder meinetwegen diesem Dr. Stopp? Der weiß wenigstens, wann er genug hat.«

Hexman suchte sein Heil im Angriff. »Cyril? Seit wann nennt ihr euch beim Vornamen?«

Zu seiner eigenen Überraschung schien er ins Schwarze getroffen zu haben. Seine Frau errötete und machte ein wütendes Gesicht.

»Warum nicht? Schließlich kenne ich Cyril seit Jahren; seine Familie ist eine der ältesten hier in Great Norne.«

»Er ist aber erst seit einem Jahr hier. Ich glaube, auf den Knaben werde ich aufpassen müssen.«

Hexman war der Typ Mann, der sich gern mit Frauen amüsierte, aber von seiner Frau erwartete, daß sie sich nur für ihn interessierte.

Bei diesem kurzen Wortwechsel hatten eigentlich beide erreicht, was sie wollten; Winifred Hexman hatte ihren Mann von einer Geschichte abgelenkt, die ihren Vater sicher sehr aufgeregt hätte, und

George seine Frau von der Kritik an seinem Lebenswandel. Allerdings hatte es sie beide nicht befriedigt.

Obwohl seine kleine Skandalgeschichte in Monks Holme so schlecht angekommen war, wollte Hexman sie doch nicht völlig unter den Tisch fallenlassen. Er erzählte sie deshalb seinem alten Freund Dr. Stopp, der seinerseits ein paar Tage später versuchte, von seinem Partner Dr. Faundyce mehr zu erfahren, aber eine solche Abfuhr erteilt bekam, daß er das Thema nicht mehr anschnitt.

Mit Ausnahme der treuen Gläubigen hatten alle den Tod des Pfarrers bald vergessen, und das Leben verlief in Great Norne wieder so gleichmäßig und ereignislos wie früher.

Am Weihnachtsabend wurde Inspektor Heskell mitten in einem verfrühten abendlichen Gähnen vom Klingeln des Telefons unterbrochen. Er unterdrückte es zusammen mit einem Fluch und hob den Hörer ab.

»Hier Polizeirevier Great Norne, Inspektor Heskell.«

Ein Mann sagte mit schneidender Stimme:

»Bitte kommen Sie nach Monks Holme; Colonel Cherrington hat sich erschossen.«

5   Zwei Kleinigkeiten

Inspektor Heskell stand in Colonel Cherringtons Arbeitszimmer und dachte nach. Denken war nicht seine starke Seite, und da er mit solch gewaltsamen Todesfällen wie diesem keinerlei Erfahrung hatte, hatte er das unangenehme Gefühl, er könnte jeden Moment einen Fehler machen, der seine ohnehin verschwindend geringe Chance auf eine Beförderung zum Superintendent zunichte machen würde.

Er wußte natürlich, daß es in einem Fall wie diesem bestimmte Dinge gab, die man auf keinen Fall tun durfte. Die Leiche durfte nicht bewegt werden, man durfte nichts anfassen und niemand durfte das Haus verlassen. Er hatte Dr. Faundyce und das Hauptquartier verständigt und P. C. Flaish vor dem Haus postiert, um Neugierige fernzuhalten. Aber war das genug? Sollte er nicht noch ein paar raffinierte Fragen stellen, damit sich jemand in Widersprüche verwickelte?

Aber eigentlich waren die Fakten klar, und Captain Hexman hatte sie ihm gleich bei seinem Eintreffen mitgeteilt. Der Captain hatte sich oben gerade zum Schlafengehen ausziehen wollen, als er plötzlich einen lauten Knall gehört hatte, den sein geschultes Ohr gleich als den Schuß eines Revolvers erkannt hatte. Er war nach unten gerannt, wo er seinen Schwiegervater tot auf dem Fußboden des Arbeitszimmers gefunden hatte; er hatte eine Wunde an der Schläfe und neben ihm lag ein noch rauchender Dienstrevolver. Der Geruch von Pulver hing noch jetzt im Raum. Inspektor Heskell schnupperte kräftig, um sich dessen noch einmal zu vergewissern. Da war doch noch ein anderer, noch vertrauterer Geruch . . . der Geruch von . . . ja, der Geruch von verbranntem Papier.

Im Kamin lag etwas, das man noch als ein Bündel von kürzlich verbranntem Papier erkennen konnte. Heskell streckte seine Hand danach aus und zog sie dann schnell zurück. Nichts berühren. Er fing wieder an nachzudenken.

Captain Hexman hatte ihm das wenige gesagt, das er wußte; Mrs. Hexman hatte so ziemlich dieselbe Aussage gemacht. Sie war auf dem Weg ins Bett gewesen — ob es wohl ein Doppelbett war, wie er und Annie eines hatten? In diesen Kreisen schlief man ja angeblich in getrennten Betten. Warum heirateten die Leute eigentlich, wenn . . . Stopp.

Die zwei Hausangestellten — Heskell warf einen Blick in sein Notizbuch — Dorothy Trott und Fanny Smith hatten den Knall zwar gehört, waren aber nicht heruntergekommen. Von denen war nichts zu erfahren.

Da war ja endlich der Doktor.

Dr. Faundyce machte ein besorgtes Gesicht; der Colonel war nicht nur sein Patient gewesen, sondern auch sein Freund. Heskell war froh über sein Kommen, weil der Doktor ihm, wenigstens was die Leiche anbelangte, das Denken abnehmen konnte, und bei einem Selbstmord war die Leiche ja schließlich das wichtigste.

»Tut mir leid, daß ich so spät komme«, sagte Dr. Faundyce. »Wann genau ist es passiert?«

Nach einem Blick in sein Notizbuch antwortete Heskell: »Zwanzig nach elf, meint Captain Hexman.«

Dr. Faundyce kniete neben der Leiche und untersuchte sie.

»Sofort tot gewesen«, murmelte er und stand auf. »Kommt jemand vom Dezernat?«

»Ja, Sir, der Superintendent und Inspektor Joss.«

Dr. Faundyce blickte auf die Leiche hinunter, und auf seinem sonst so fröhlichen Gesicht lag ein sorgenvoller Ausdruck.

»Ich verstehe das einfach nicht«, murmelte er. »Ihm hätte ich nie einen Selbstmord zugetraut. Schließlich war er Soldat, außerordentlich pflichtbewußt und tief religiös. Wissen Sie vielleicht, was er für ein Motiv gehabt haben könnte, Inspektor?«

»Es ist nicht meine Aufgabe, nach einem Motiv zu suchen«, antwortete Heskell steif, »das wird zweifelsohne der Superintendent tun.«

Insgeheim allerdings war er beunruhigt. Über ein Motiv hatte er gar nicht nachgedacht. Der Schwiegersohn und die Tochter wußten vielleicht etwas. Hätte er sie gleich verhören sollen? Vielleicht hatten sie sich inzwischen etwas ausgedacht, um das Gesicht des alten Herrn zu wahren, vorausgesetzt, es gab irgendeinen dunklen Grund für seinen Selbstmord. Aber schließlich brachte ein Mann sich ja nicht einfach so um. Vielleicht . . .

Das Geräusch eines Wagens unterbrach den Inspektor in seinem Gedankenstrom. Kurz darauf kam der Superintendent herein, der in seiner Uniform stur und soldatisch aussah; er hatte leicht ergrautes Haar, und auf seinem Gesicht lag ein Ausdruck des Wohlwollens. Ein junger Mann in Zivil folgte ihm, und in der Halle konnte man zwei weitere sehen.

»Guten Abend, Doktor. n'Abend, Heskell. Das ist Inspektor Joss.«

Dr. Faundyce gab ihm die Hand; Heskell nickte ihm nur zu. Der Superintendent warf einen Blick auf den reglosen Körper auf dem Fußboden und fragte: »Er ist tot, oder?«

»Er muß gleich tot gewesen sein«, antwortete der Doktor. »Ich muß natürlich noch eine Autopsie vornehmen, aber die Fakten sind eindeutig.«

Superintendent Kneller drehte sich um. »Nun, Heskell, dann erzählen Sie mir mal, was Sie über diesen Fall wissen.«

Heskell berichtete seinem Vorgesetzten, was er wußte, und er war froh, daß er keine weitergehenden Fragen beantworten mußte. Er erwähnte das verbrannte Papier im Kamin, woraufhin Inspektor Joss anfing, ganz vorsichtig in der Asche herumzustochern.

»Warten Sie damit lieber, bis der Chef kommt«, meinte Superintendent Kneller. »Ich werde inzwischen mal mit Captain Hexman sprechen. Haben Sie ihm schon irgendwelche Fragen gestellt, Heskell?«

»Nein, Sir, ich dachte, es wäre besser, auf Sie zu warten.«

Kneller brummelte mürrisch. Heskell fehlte es einfach an Eigeninitiative; wahrscheinlich war es ganz gut, daß er die Zeugenbefragung nicht auf eigene Faust versucht hatte.

In der Halle standen zwei junge Männer, die aussahen wie zwei Jagdhunde, die darauf warteten, endlich von der Leine gelassen zu werden. Es handelte sich um Constable Gilbert und Constable Morris, die zusammen mit einem Sergeanten und einem Beamten das gesamte Dezernat unter Inspektor Joss darstellten.

Superintendent Kneller begab sich ins Eßzimmer, wo George

Hexman mit einem Glas Whisky in der Hand vor dem Kamin saß. Er trug einen Abendanzug mit schwarzer Krawatte. Er stand auf, als der Superintendent eintrat, und Kneller fand, daß der junge Mann einen sehr erschütterten Eindruck machte.

»Ich bin Superintendent Kneller, Sir. Ich fürchte, ich muß Ihnen ein paar Fragen stellen. Inspektor Heskell hat mir das meiste schon erzählt, aber ich würde gern von Ihnen wissen, warum der Colonel das getan haben könnte.«

Hexman machte einen tiefen Zug an seiner Zigarette. »Genau das frage ich mich auch schon die ganze Zeit. Ich kann Ihnen dafür keinen plausiblen Grund nennen. Sicher, er hat sich in den letzten Monaten große Sorgen gemacht, aber das haben wir ja schließlich alle. Jedermann weiß, daß wir kurz vor einem Krieg stehen, und wir bekommen es alle irgendwie zu spüren. Mein Schwiegervater hat sich um seine Finanzen Gedanken gemacht, und ich glaube, er hat in der letzten Zeit ein- oder zweimal Rückschläge erlitten, aber ich kann mir nicht vorstellen, daß ihn das zu einem solchen Schritt getrieben haben könnte.«

»Hat er sich irgendwie drastisch eingeschränkt?«

»Nein, eigentlich nicht. Allerdings hat er meiner Frau und mir ein- oder zweimal vorgeworfen, wir seien verschwenderisch. Jetzt habe ich ein ziemlich schlechtes Gewissen, weil ich ihn damals nicht besonders ernst genommen habe; ich glaube, ich habe ihn dadurch ziemlich verärgert.«

»Sie sollten sich keine Gedanken machen, deswegen hätte er sich doch nicht gleich erschossen. Hatte er vielleicht irgendwelche anderen Sorgen? Es tut mir leid, daß ich Sie das fragen muß, aber war er vielleicht in irgendeine Frauengeschichte verwickelt?«

George Hexman starrte ihn entgeistert an.

»Der Colonel? Eine Frauengeschichte? Er hat seit dreißig Jahren keine Frau mehr angeschaut. Wissen Sie, seine Frau ist mit einem seiner Regimentskameraden durchgebrannt. Seitdem hat er die Frauen förmlich gehaßt. Manchmal habe ich mich gefragt, ob er nicht sogar seine eigene Tochter gehaßt hat. Er war zwar einigermaßen höflich, freundlich und großzügig auf eine eigentümlich kalte Art, aber ohne jeden Funken von Zuneigung.«

»Das ist sehr bedauerlich, Sir«, meinte Kneller leise. »Damit scheidet diese Möglichkeit natürlich aus.«

Er stand auf.

»Ich glaube, der Chief Constable ist inzwischen da. Ich kann ihn doch hereinschicken? Übrigens werde ich vor dem Haus einen Beamten postieren, damit Sie nicht belästigt werden.«

George Hexman dankte ihm, und Kneller ging zurück ins Arbeitszimmer, wo er, wie erwartet, den Chief Constable und Dr. Faundyce antraf.

Major John Statford war früher mit der Armee in Indien gewesen und hatte Colonel Cherrington sehr flüchtig gekannt. Wie viele Offiziere der Indian Army war er sehr dünn und hatte eine vom Wetter gegerbte Haut. Er hatte graue, ruhelose Augen, die einen sehr nervös machen konnten; aber es lag oft ein humorvoller Ausdruck in ihnen, und er war bei seinen Leuten und den Menschen, mit denen er zusammenkam, sehr beliebt.

»Warum, um alles in der Welt, hat der alte Herr das nur getan?« fragte der Chief Constable. »Wissen Sie schon etwas?«

»Vom Schwiegersohn konnte ich nichts in Erfahrung bringen«, antwortete der Superintendent. »Er hat sich ein bißchen um sein Geld gesorgt und so. Eine Frau ist nicht im Spiel — meint jedenfalls Captain Hexman.«

»Da hat er auch recht, wenn Sie mich fragen. Wenn überhaupt eine Frau damit etwas zu tun hätte, dann die, die ihm vor fünfundzwanzig Jahren davongelaufen ist.«

Kneller blickte skeptisch, sagte aber nichts dagegen.

»Der Captain ist im Eßzimmer, Sir«, meinte er, »ich habe ihm gesagt, daß Sie kommen würden.«

Als der Chief Constable das Zimmer verlassen hatte, drehte Kneller sich zu Inspektor Joss herum, der die ganze Zeit ruhig in einer Ecke gestanden hatte.

»Haben Sie etwas gefunden, Joss?«

»Nicht viel, Sir. Im Kamin ist Papier verbrannt worden. Auf einem oder zwei Fetzen kann man noch was lesen, und . . .«

»Einen Augenblick. Lassen wir doch erst Gilbert und Morris ihre Arbeit tun und reden wir später.«

Kurz darauf waren die beiden Detektive mit Kamera und Spurensicherungsausrüstung am Werk. Ihre zwei Vorgesetzten zogen sich unterdessen in eine Ecke zurück, und Kneller berichtete Joss, was er von Captain Hexman erfahren hatte. Sie unterhielten sich noch, als der Chief Constable wieder hereinkam.

»Ich gehe jetzt, Kneller«, erklärte Major Statford. »Was hat Captain Hexman denn auf Sie für einen Eindruck gemacht?«

»Kam mir ziemlich aufgeregt vor. Er macht sich Vorwürfe; grundlos, wie ich meine.«

»Mir schien er ja direkt aus der Fassung zu sein.«

»Ist das nicht verständlich, Sir? Es war ein ziemlicher Schock.«

»Meinen Sie?« fragte der Chief Constable. »Der Höflichkeit halber muß man das natürlich annehmen, aber sehen Sie die Sache einmal nüchtern. Den alten Colonel kann mit diesem jungen Verschwender — so hätte Cherrington ihn sicher genannt — nicht viel verbunden haben. Ich glaube nicht, daß sie sich besonders gemocht haben, und Hexman sagt ja selber, daß sein Schwiegervater auf ihm herumgehackt hat. Jetzt ist der Schwiegervater tot, und sein nicht unbeträchtliches Vermögen geht wahrscheinlich an Mrs. Hexman. Warum sollte Hexman sich also Sorgen machen?«

»Es ist sicher nur der Schock, Sir«, meinte Kneller trotzig. »Allerdings habe ich mich mit dem Fall noch nicht gründlich genug befaßt. Eigentlich kann ich im Moment noch gar nichts Definitives sagen.«

»Sie haben recht. Kommen Sie morgen zu mir ins Büro? Gut. Na, dann gute Nacht. Gute Nacht, Joss.«

Als Kneller mit Joss allein war, schloß er die Tür ab.

»Nun, Joss, er hat sich also erschossen?«

»Es sieht so aus, Sir.«

»Aber Sie glauben nicht ganz daran?«

»Das würde ich nicht sagen. Es ist nur — da ist eine Kleinigkeit, vielleicht sogar zwei, die etwas merkwürdig sind.«

»Kein Motiv, oder?«

»Oh, ein Motiv hatte er schon.«

Der Detektiv holte aus einer Schreibtischschublade ein Löschblatt, auf dem zwei gelbliche Papierschnipsel lagen, die angekohlt waren.

»Diese zwei Schnipsel lagen zwischen der Asche im Kamin.«

Auf dem größeren Schnipsel konnte man ein paar Worte erkennen. Kneller setzte eine Brille auf und prüfte die Papierfetzen. ›Wenn Sie nicht ... zahlen ... sage ich alles ... letzte Chance.‹

Der Superintendent stieß einen Pfiff aus.

»Erpressung, was?«

»Vielleicht, Sir. Mir kommt das Ganze allerdings ein bißchen zu einfach vor. Wenn der Colonel erpreßt worden wäre und sich deshalb erschossen hätte, dann hätte er doch wohl alle Beweise vernichtet.«

»Hat er doch getan.«

»Nicht ganz. Ich habe mich hier umgesehen, er scheint mir ein ordentlicher und gründlicher Mann gewesen zu sein. Und doch läßt er, als er vor seinem Selbstmord belastendes Material verbrennt, genau das unverbrannt, was uns zeigt, daß er etwas zu verbergen hatte. Das paßt doch irgendwie nicht zusammen.«

»Ich verstehe. Sie deuten da etwas sehr Ernstes an, Joss. Ein falsches Beweisstück. Wenn Sie damit recht haben sollten ... Was war die zweite Kleinigkeit?«

Joss ging zum Schreibtisch zurück und öffnete eine kleine Pappschachtel; darin lagen die Überreste einer zerbrochenen Hornbrille.

»Die haben wir unter der Leiche gefunden, Sir.«

»Wird wohl zerbrochen sein, als er hingefallen ist.«

»Schon, aber mir ist nicht ganz klar, warum sie so völlig kaputt ist; beide Gläser sind zersplittert, das Gestell ist an drei Stellen gebrochen, und der linke Bügel ist kaputt. Und mir fiel auf, daß der rechte Bügel nicht zerbrochen ist.«

»Was finden Sie daran so merkwürdig?«

Inspektor Joss ging hinüber zu der Leiche und kniete nieder. »Die Wunde sitzt genau in der Mitte der rechten Schläfe, wo der rechte Bügel hätte sein müssen. Wenn er die Brille getragen hat, als er sich erschossen hat, warum hat die Kugel dann die Brille nicht an der Stelle zertrümmert? Und wenn er sie hochgeschoben hat, müßte dann nicht eine Spur von Blut oder Pulvergeruch auf der Brille zu finden sein? Das ist aber nicht der Fall. Und falls er die Brille abgesetzt hat, warum liegt sie dann zerbrochen unter seiner Leiche?«

6 Ein ruhiges Plätzchen

Unter den Gemeindemitgliedern von St. Martha war die Stimmung an diesem Weihnachtsmorgen alles andere als weihnachtlich. Einige waren betroffen, alle mehr oder weniger aufgeregt, und es wurde wenig an den Geburtstag gedacht, den man an diesem Tag eigentlich feiern sollte; der Todesfall überschattete alles.

Der neue Pfarrer zeigte sich über die Tragödie, von der er erst eine halbe Stunde vor Beginn des Gottesdienstes erfahren hatte, sehr erschüttert. Seine sorgfältig vorbereitete erste Predigt schien ihm in Anbetracht der herrschenden Stimmung unangebracht. Die Kirche war erfreulich gut besucht, aber er fragte sich, wie viele nur gekommen waren, um das Neueste über den Selbstmord ihres Kirchenvorstehers zu erfahren. Wie sollte er sich überhaupt darüber äußern? Ignorieren konnte er den Tod einer solchen Stütze der Kirche ja schließlich nicht. Aber ausgerechnet Selbstmord, der in den Augen des Gesetzes und der Kirche strafbar war!

Reverend John Berrifield fühlte sich mit diesem Problem überfordert. Es stellte für ihn nicht nur eine Schwierigkeit dar, sondern auch einen Schock. Er hatte Colonel Cherrington ein- oder zweimal bei Tagungen der Diözese getroffen und hatte Respekt vor ihm gehabt; seinen Vorgänger hatte er noch besser gekannt, und die zwei plötzlichen Todesfälle nahmen ihn sehr mit, auch wenn es sich bei dem ersten um einen Unfall handelte. Irgendwie brachte Mr. Berrifield seinen Gottesdienst hinter sich und entließ die Gläubigen.

Viele von ihnen blieben auf dem Kirchhof in kleinen Gruppen stehen, während eine davon sich auf die Nordseite der Kirche begeben hatte. Norris Beynard und seine Schwester hatten vor dem Portal die völlig aufgelöste Emily Vinton getroffen. Sie hatte einen kleinen Kranz bei sich, den sie auf das Grab des ›lieben Herrn Pfarrers‹ legen wollte. Die Beynards hatten das Gefühl, daß es ihr guttun würde, wenn sie mit jemandem reden könnte und gingen deshalb mit ihr. Sobald sie aus dem Blickfeld der übrigen Kirchgänger waren, brach Emily Vinton in Tränen aus.

»Ist das nicht einfach schrecklich?« schluchzte sie, als sie sich wieder etwas gefangen hatte. »Zuerst der gute Mr. Torridge, und nun auch noch der Colonel. Was soll jetzt aus St. Martha werden? Dieser neue Mensch — wie kann er es wagen . . .? Was hat er gemeint, als er gesagt hat . . .? Wie soll ich das alles nur Beatrice beibringen? Selbstmord! Schrecklich! Der gute Colonel, er war so ein anständiger Mensch — besonders gesellig war er ja nicht, und mit mir hat er kaum zwei Worte gewechselt — aber er war so ein anständiger Mensch. Ich kann das einfach nicht glauben.«

Die Beynards unterbrachen sie in ihrem Wortschwall nicht, weil sie wußten, daß sich die hysterische alte Dame so am ehesten beruhigen würde. Sie mochten sie gern und waren deshalb eher dazu bereit als andere, sich mit ihrer Art abzufinden. Den Friedensrichter selbst hatte Cherringtons Tod ebenso schockiert. Er hatte Leute, die sich umbrachten, um Schwierigkeiten aus dem Weg zu gehen, immer für Feiglinge gehalten, und es fiel ihm schwer, den gestrengen und redlichen Colonel dieser Kategorie zuzuordnen. Wie Emily Vinton konnte er das Gerücht, das sich in der Stadt morgens wie ein Lauffeuer verbreitet hatte, einfach noch nicht glauben.

Die Beynards gaben sich alle Mühe, Emily Vinton zu trösten, und blieben bei ihr, als sie ihre kleine Gabe auf das Grab des Pfarrers legte und dann mit gefalteten Händen betete. Danach sah sie glücklicher aus.

»Mögen sie beide in Frieden ruhen«, sagte sie leise.

Norris Beynard, den so etwas immer verlegen machte, meinte: »Das ist ein schönes, ruhiges Plätzchen. Wenn wir nicht unser Familiengrab hätten, würde ich gern hier liegen.«

»Hier liegt keiner ruhig«, tönte eine rauhe Stimme hinter ihnen.

Alle drei fuhren herum und erblickten den Küster.

»Mein Gott, Josiah, haben Sie mich erschreckt«, sagte Miß Vinton. »Ich habe Sie gar nicht kommen gehört.«

»Der Tod schreitet durchs Land«, sagte Chell, »und niemand weiß, wohin er seine Schritte lenken wird.«

»Das reicht, Chell«, meinte Beynard scharf. Er fühlte, wie Emilys Hand zitterte. »Wissen Sie, ob Colonel Cherrington hier begraben wird?«

»Wahrscheinlich schon, nachdem Emily Barton auch hier liegt. Die war ja auch ein Selbstmord. Von Rechts wegen sollte er eigentlich mit einem Pfahl in der Brust am Kreuzweg liegen.«

»Sie sind einfach abscheulich, Josiah«, meinte Catherine Beynard. »Das höre ich mir nicht länger an. Kommen Sie, Miß Vinton, wir fahren Sie nach Hause.«

Normalerweise hätte Emily Vinton ein solches Angebot entschieden abgelehnt, weil sie so stolz auf ihre Rüstigkeit war, aber jetzt war sie so mitgenommen und verängstigt, daß sie es annahm.

Josiah sah ihnen sardonisch lächelnd nach. Dann blickte er auf das frische Grab und den freien Platz daneben.

»O ja«, murmelte er, »der Colonel wird neben dir liegen. Und da ist auch noch Platz für zwei, drei andere; für zwei, drei andere.«

7 Ein Verhör

»Ich verstehe«, sagte Major Statford.

Er hatte sich eine halbe Stunde lang Superintendent Knellers Bericht angehört, der in dem Verdacht gipfelte, Colonel Cherrington habe sich vielleicht doch nicht selbst erschossen.

»Haben Sie sich noch einmal mit Hexman unterhalten, nachdem Sie zu diesem Schluß gelangt waren?«

»Nein, Sir. Ich hielt es in Anbetracht der Stellung des Captains für besser, mich zuerst mit Ihnen zu besprechen.«

Der Chief Constable nickte.

»Wenn sich das als Mord entpuppen sollte, Kneller, wird das ein sehr unangenehmer und wahrscheinlich sehr komplizierter Fall werden. Ich frage mich, ob wir nicht besser Scotland Yard informieren sollten. Sie wissen, daß ich Ihre Fähigkeiten damit nicht in Abrede stellen will, aber ein Mordfall verlangt nach einem Spezialisten.«

»Meinen Sie nicht, daß Joss . . .? Immerhin war er in Hendon, und er hat ein paar gute Mitarbeiter.«

»Es freut mich, daß wir da einer Meinung sind. Allerdings haben sie bis jetzt nur theoretische Kenntnisse und keinerlei praktische Erfahrung mit Schwerverbrechen. Ich werde mir das noch überlegen, aber falls wir tatsächlich Scotland Yard informieren sollten, dann nur, wenn wir eine heiße Spur haben.«

»Ich glaube, Sie haben recht, Sir. Was halten Sie davon, wenn ich jetzt mit Joss zurückfahre, mich nochmal umsehe und Captain Hexman eingehend befrage? Vielleicht können Sie dann entscheiden, ob wir uns an Scotland Yard wenden sollen.«

»Genau das wollte ich Ihnen gerade vorschlagen. Es tut mir wirklich leid, daß ich Ihnen den Weihnachtsfeiertag verderben muß, aber ich fürchte, es geht nicht anders.«

Kneller tat es auch leid. Er ging nach Hause, um es seiner Frau zu erklären, und zehn Minuten später war er auf dem Weg zurück nach Great Norne. Dort stellte er fest, daß Inspektor Joss es irgendwie geschafft hatte, zu frühstücken und sich zu rasieren, ohne seinen Posten zu verlassen, und er hatte den Verdacht, daß sich der gutaussehende junge Detektiv bereits mit dem weiblichen Personal des verstorbenen Colonels angefreundet hatte.

»Haben Sie in der Nacht vielleicht noch irgendwelche guten Ideen gehabt, Joss?«

»Eigentlich nur eine, Sir. Ich kann mir die Lage der Leiche nicht erklären.«

Joss deutete auf die Kreidezeichnung auf dem Teppich, die er am Vorabend vor dem Wegtransport der Leiche angefertigt hatte. »Die Füße waren dicht neben dem Stuhl, und der Stuhl war ein wenig zurückgeschoben. Wie Sie sehen können, lag die Leiche ziemlich gerade. Nehmen wir mal an, der Colonel hätte sich im Sitzen erschossen. Wäre er dann nicht über dem Schreibtisch zusammengesunken? Er könnte sich natürlich auch im Stehen erschossen haben, was für einen Soldaten sogar wahrscheinlicher ist. Dann wäre er wahrscheinlich so hingefallen, wie wir es hier sehen; ich habe da ein paar Versuche angestellt.«

»Wo liegt denn dann das Problem, Joss?«

»Das taucht auf, wenn man mal die andere Möglichkeit in Betracht zieht. Mord, Sir. Nehmen wir zuerst einmal die sitzende Stellung, obwohl sie die unwahrscheinlichere ist. Vom Schreibtisch aus hätte der Colonel jeden gesehen, der hereinkam. Er hätte sich doch sicher verteidigt, anstatt ruhig dazusitzen und sich erschießen zu lassen.«

»Da gibt es zwei Möglichkeiten, Joss. Entweder, er kannte den Eintretenden — den Mörder — und hatte deshalb keine Angst, oder der Mörder hatte sich schon vorher im Zimmer versteckt.«

»Das letztere möchte ich bezweifeln, Sir. Hier könnte man sich nur hinter den Vorhängen verstecken, und wie Sie sehen, liegen sie ganz am Fenster an. Die Hausmädchen haben den Colonel um Viertel nach zehn nach Hause kommen hören; sie sind ziemlich sicher, daß er hier hineingegangen ist, und für gewöhnlich saß er hier bis lange nach elf Uhr. Ich glaube nicht, daß sich der Mörder hier eine Stunde lang unentdeckt hätte verbergen können.«

»Ja, das ist ziemlich unwahrscheinlich. Damit deutet also alles auf einen Bekannten hin. Der hätte auch um den Stuhl des Colonels herumgehen und ihn von hinten erschießen können.«

»Ja, das hätte er, Sir. Aber ich glaube nicht, daß der Colonel gesessen hat; wie ich schon gesagt habe, spricht die Lage der Leiche dagegen. Andererseits war der Colonel ziemlich groß, mindestens einsachtzig, schätze ich. Es ist nicht ganz einfach, einem Mann von dieser Größe in die Schläfe zu schießen, besonders, wenn man kleiner ist. Ich möchte keine voreiligen Schlüsse ziehen, aber unser ›Bekannter‹ müßte um die einssiebzig gewesen sein.«

»Das glaube ich auch. Wir müssen den Arzt fragen, wie die Kugel in den Schädel eingedrungen ist. Wie dem auch sei, er hätte doch rechtzeitig etwas merken müssen; die Mündung des Revolvers muß, den Pulverspuren nach, ganz nah gewesen sein. Sie haben recht, hier ist einiges rätselhaft.«

Die zwei Polizisten beschlossen, Captain Hexman und die anderen Hausbewohner noch einmal eingehender über die Ereignisse der letzten Nacht zu befragen. Kneller bat das Hausmädchen Fanny, Captain Hexman zu rufen. Kurz darauf erschien er; er sah ziemlich mitgenommen aus, wirkte aber ruhig.

»Ich muß Ihnen ein paar Fragen über das stellen, was gestern passiert ist«, sagte Kneller. »Ich habe gehört, der Colonel sei gestern nicht den ganzen Abend zu Hause gewesen; können Sie mir dazu etwas sagen?«

»Ja, wir waren beide beim Weihnachtsessen der British Legion. Ich bin eigentlich kein Mitglied, aber man hatte mich netterweise eingeladen. Es war so das Übliche, wir haben uns glücklich gegen zehn Uhr losgeeist und sind gleich nach Hause gegangen. Der Colonel ist wie immer in dieses Zimmer gegangen und ich hinauf in den Salon, zu meiner Frau.«

»Und haben Sie den Colonel danach noch einmal gesehen?«

»Erst als er tot war.«

»Sie sind nicht noch einmal im Erdgeschoß gewesen?«

»Nein. Das heißt, doch. Ich habe mir unten im Eßzimmer noch einen Drink geholt, bin wieder hinauf in den Salon und dann ins Bett.«

»Und Sie haben hier unten niemanden gesehen?«

Hexman starrte den Superintendenten an.

»Warum fragen Sie das?«

Kneller wiederholte seine Frage unbeirrt.

»Sie haben niemanden gesehen?«

»Nein, da war niemand. Der Colonel war hier, und die Mädchen gehen, glaube ich, kurz nach zehn schlafen. Meine Frau war ebenfalls schon zu Bett, als ich mir den Drink holte.«

»Und Sie haben keine ungewöhnlichen Geräusche gehört, Sir?«

»Nein, gar nichts.«

»Wie ist das mit dem Abschließen, Sir? Wer erledigt das?«

»Das machen die Mädchen. Der Colonel hat sich dann immer vergewissert, daß die Vordertür verschlossen war.«

»Und die Fenster?«

»Unten sind Fensterläden; die Mädchen schließen sie, wenn sie die Vorhänge zuziehen. Wollen Sie mir nicht endlich sagen, was das alles soll?«

»Reine Routinefragen, Sir. Wann sind Sie schlafen gegangen?«

»Das muß kurz nach elf gewesen sein. Ich war gerade dabei, mir die Schuhe auszuziehen, als ich den Schuß hörte. Das war um zwanzig nach elf, ich habe auf die Uhr gesehen.«

»Warum, Sir?«

»Ich weiß nicht, ich habe es irgendwie automatisch getan.«

»Und wie lange haben Sie ungefähr gebraucht, um nach unten zu kommen? Fünf Minuten?«

»O nein, so lange nicht. Eine, höchstens zwei Minuten.«

»Und hat Sie jemand herunterkommen sehen?«

»Worauf wollen Sie eigentlich hinaus, Superintendent?« fragte Hexman scharf.

»Es handelt sich hier nur um Routinefragen«, meinte Kneller besänftigend. »Ihre Frau hat Sie doch sicher gesehen?«

»Nein, sie war im Bett, und ich war im Ankleidezimmer; ich glaube nicht, daß mich jemand gesehen hat.«

»Haben Sie, als Sie den Colonel gefunden haben, gleich gesehen, daß er tot war?«

»Ja. Eine Kugel im Kopf soll ja angeblich tödlich sein.«

»Ganz recht, Sir. Haben Sie die Leiche berührt oder hier irgend etwas verändert? Vielleicht ganz automatisch im Kamin das Feuer geschürt oder so etwas?«

»Nein, ich habe nichts angefaßt, Superintendent.«

»Gut. Dann hätte ich noch ein paar Fragen zum Colonel. Sie haben mir doch gesagt, er habe Geldsorgen gehabt; können Sie mir darüber etwas Genaueres erzählen?«

Hexman zuckte die Achseln.

»Das Übliche, schätze ich. Sinkende Einnahmen, steigende Ausgaben. Er hat sich mir nicht anvertraut.«

»Sie wissen also nicht, ob er vielleicht eine größere Summe Geldes verloren hat?«

Hexman zögerte. Einen Moment lang glaubte Kneller, in seinen dunklen Augen eine Spur von Unruhe zu entdecken.

»Er hat sich einmal an der Börse verspekuliert; es ging um mexikanische Ölaktien, von denen er ein Paket gekauft hatte.«

»Auf Ihren Rat hin?«

»Ja. Es war ein verdammtes Pech. Ich hatte sie für eine todsichere Sache gehalten und gedacht, daß es ganz gut wäre, wenn ich sie meinem Schwiegervater empfehlen würde; er hatte keine besonders hohe Meinung von meinen Fähigkeiten als Börsenmakler . . . Natürlich hat das nicht gerade dazu beigetragen, seine Ansichten zu ändern. Er war ziemlich sauer. Das ist jetzt ein Jahr her oder sogar länger. Er muß so zwischen fünf- und sechstausend Pfund verloren haben, die genaue Summe ist mir entfallen. Ich glaube aber nicht, daß es ihn ruiniert hat.«

»Nun, das wird sich feststellen lassen. Und nun zu dem Revolver. Wußten Sie, daß er einen hatte?«

»O ja, das wußte ich. Ich habe ein paarmal gesehen, wie er ihn gereinigt hat; das hat wohl jeder hier irgendwann.«

»Und Sie wußten, wo er ihn aufbewahrte?«

»Ja, Superintendent«, sagte Hexman ruhig, »er hatte ihn in der rechten oberen Schreibtischlade liegen.«

»Danke, Sir«, sagte Kneller. »Das wäre dann alles. Sie wissen nicht zufällig etwas über sein Testament; wer sein Geld erbt und so weiter?«

»Nein. Wahrscheinlich hat er sein Geld seiner einzigen Tochter vermacht. Aber ich weiß es nicht. Ich erwarte von Ihnen natürlich nicht, daß Sie mir das glauben.«

Superintendent Kneller lachte.

»Na hören Sie, warum sollte ich Ihnen nicht glauben? Jetzt würde ich gern mit Mrs. Hexman sprechen.«

Inspektor Joss wußte, was jetzt kommen würde. Der Superintendent würde die Frau befragen, während er den Ehemann im Auge behielt. Für gewöhnlich konnten neun von zehn Ehemännern der Versuchung nicht widerstehen, ihre Frauen bei der Beantwortung der Fragen heimlich zu beeinflussen.

Mrs. Hexman sah ihren Mann nicht an, als sie hereinkam und sich hinsetzte; sie schien auch der unheimlichen Kreidezeichnung auf dem Fußboden keine Beachtung zu schenken.

»Ich hatte letzte Nacht leider keine Gelegenheit, Ihnen mein Beileid auszusprechen«, sagte der Superintendent. »Ich fürchte, das Ganze war für Sie ein furchtbarer Schock.«

»Ja, das war es. Ich nehme an, Sie möchten wissen, wie es dazu gekommen ist.«

›Sehr hilfsbereit‹, dachte Joss. ›Vielleicht zu hilfsbereit.‹

»Wenn Sie uns vielleicht einen Grund nennen könnten . . .?«

»Ich habe lange darüber nachgedacht, aber ich habe keinen finden können. Es scheint so sinnlos . . . so gar nicht seine Art.«

»War er . . . verzeihen Sie mir diese persönliche Frage . . . war er ein glücklicher Mensch?«

»Nein, das hätte man nicht behaupten können. Ich glaube nicht, daß er jemals wieder glücklich war, nachdem meine Mutter ihn verlassen hatte; ich nehme an, mein Mann hat Ihnen das erzählt.«

»Ja. Ich bitte um Verzeihung, aber war damals ein anderer Mann im Spiel?«

»Ja, aber ich weiß nicht, wer es war. Er hat mir nie etwas darüber erzählt. Ich habe ihn einmal gefragt, als ich noch klein war. Er ist mir über den Mund gefahren, und ich habe nie wieder davon angefangen. Ich hielt es für besser, die ganze Sache in Vergessenheit geraten zu lassen.«

»Und wie stand es um seine Gesundheit, gab es da irgendwas?«

»Nein, er war nie ernstlich krank.«

»Hatte er irgendwelche geschäftlichen oder anderweitigen Sorgen?«

»Gesagt hat er nie etwas. Vor einem Jahr oder so war etwas. Darüber kann Ihnen George mehr sagen.«

Zum ersten Mal sah sie ihren Mann an und lächelte.

George Hexman grinste zurück. Inspektor Joss hatte allerdings den Eindruck, daß es ein sorgenvolles Grinsen war.

»Da wäre noch etwas. Hat Ihr Vater in der letzten Zeit einen Brief erhalten, der ihn sehr aufzuregen schien?«

Winifred schien über die Frage überrascht, schüttelte aber verneinend den Kopf.

Kneller hielt einen verkohlten Papierschnipsel hoch, die beschriebene Seite abgewandt.

»Sehen Sie dieses gelbliche Papier hier — ist Ihnen ein solcher Brief aufgefallen, oder ein Umschlag?«

»Nein. Allerdings habe ich auf seine Briefe nie geachtet, er hat eine ganze Menge bekommen.«

»Nun noch zu letzter Nacht. Haben Sie Ihren Vater gesehen, als er von dem Weihnachtsessen zurückkam?«

»Nein. Ich war im Salon, und er ist direkt hier hinein; das hat er immer getan, ich habe ihn für gewöhnlich erst morgens wiedergesehen.«

»Wissen Sie sicher, daß er das gestern abend auch getan hat?«

»Ja. Zumindest . . .«

Sie schaute kurz zu ihrem Mann hinüber, aber George Hexman blickte unbewegt geradeaus.

»George hat es gesagt. Ich selber weiß es nicht.«

»Als Sie den Schuß hörten, waren Sie da im Bett?«

»Ich wollte mich gerade hinlegen.«

»War Ihr Mann bei Ihnen?«

Mrs. Hexman wirkte plötzlich beunruhigt. Wieder blickte sie zu ihrem Mann, aber er reagierte nicht.

»Nein, er war in seinem Ankleidezimmer.«

»Sind Sie sicher?«

»Ja, ich habe ihn herumlaufen gehört.«

»Sie haben ihn gehört, aber haben Sie ihn auch gesehen?«

»Nein, eigentlich nicht, aber wer hätte es sonst sein sollen?«

»Haben Sie ihn nach dem Schuß hinuntergehen hören?«

»Ja. Ich habe gehört, wie er die Tür geöffnet hat und hinuntergelaufen ist.«

»Wie lange nach dem Schuß war das?«

Winifred Hexman antwortete nicht und drehte sich zu ihrem Mann herum.

»George, warum stellt man mir all diese Fragen?« fragte sie mit schneidender Stimme. Hexman lächelte bitter.

»Sie glauben, ich hätte den alten Herrn erschossen«, sagte er.

8   Mr. Carnaby redet

Ein kurzer Zug fuhr langsam und bedächtig in den Bahnhof von Great Norne ein. Es war der Dienstag nach Weihnachten, und der Zug war ziemlich voll.

Auf dem Bahnhof wartete Crooky Blake hoffnungsvoll mit seinem Handkarren, einer Kreuzung aus Gartenschubkarre und Gepäckwagen, auf dem ›C. Blake — Dienstmann‹ geschrieben stand. Sicher waren in dem Zug Leute mit Koffern, und in Great Norne gab es keinen Taxidienst. Wenn man einen Mietwagen wollte, mußte man sich entweder an Noah oder an Pearson wenden. Heute wartete Noahs Wagen, aber Crooky wußte, daß er von dem jungen Mr. Carnaby bestellt worden war, der die Dienste des Dienstmannes nie in Anspruch nahm.

Crooky hockte also auf seinem Karren, sog an einer erbärmlich aussehenden Bruyèrepfeife und beobachtete mit seinen lebhaften grauen Augen den Strom von Reisenden, der jetzt durch die Tür der Schalterhalle kam. Da war ja dieser Carnaby, groß und gutaussehend; er bahnte sich einen Weg zu Noahs Wagen und fuhr ab, ohne jemanden mitzunehmen. Da kamen Mr. und Mrs. Jeddon, vielleicht . . . nein, offenbar hatten sie kein Gepäck. Dann Mr. Tews mit einem kleinen Koffer.

»Träger gefällig, Mr. Tews?«

»Nein danke, Blake. Der wiegt fast gar nichts.«

Der alte Geizkragen. Das bißchen Geld hätte dem nicht weh getan. Der Strom von Menschen ließ nach. Jetzt kam ein kräftiger, untersetzter Mann mit einer ziemlich großen Reisetasche. Blake sprach ihn nicht an, und sein Gesichtsausdruck war hart geworden. Er konnte den Bauunternehmer Barton nicht leiden, der für ihn nicht nur keine Arbeit, sondern auch kein freundliches Wort übrig hatte.

Das Ganze war eine Pleite. Keinen Pfifferling hatte er verdient. Crooky sog wütend an seiner Pfeife, die jetzt ebenso leer war wie der Zug.

Da kam plötzlich noch ein Mann — ein Fremder, ein dünner Mann mittleren Alters, glattrasiert und von der typischen Blässe eines Londoners. Er trug einen Koffer und blickte sich suchend um, als er aus der Halle trat. Blake machte einen Schritt auf ihn zu, aber in diesem Augenblick fuhr ein dunkler Wagen an ihm vorbei und hielt dicht neben seinem Beinahe-Kunden. Aus dem Auto stieg eine große Gestalt in blauer Uniform. Blake sah, wie der Polizist und der Londoner sich die Hand gaben, konnte aber nicht verstehen, was sie sagten. Der Reisende stieg in das Auto und fuhr davon.

Blake sah dem Wagen grübelnd nach. Natürlich wußte er alles, was man über den Tod des Colonels wissen konnte, und er hatte auch Superintendent Kneller in der Stadt gesehen. Wer aber war dieser Neue? Noch ein Polizist? Ein Schnüffler? Von Scotland Yard? Dann mußte die Polizei ja ein ziemlich großes Ding wittern.

Crookys Augen funkelten aufgeregt, als er seinen unbenutzten Karren in Bewegung setzte. Da kam plötzlich noch jemand aus der Halle, ein jüngerer, gesünder aussehender Mann, der aber in den Augen eines Landbewohners unverkennbar städtisch aussah. Auch er trug eine Tasche, aber diesmal war kein Auto in der Nähe. Blake schob seinen Karren zu ihm und griff nach der Tasche.

»Ich bin der Dienstmann, Sir. Ich trage das für Sie.«

Es war eigentlich kein Angebot, sondern eher eine Feststellung.

Sergeant Plett runzelte die Stirn. Das war eigentlich nicht geplant gewesen. Er hatte auf Befehl seines Chefs extra gewartet, bis der Bahnhof sich geleert hatte, damit seine Ankunft unbemerkt blieb. Aber Pletts Verstand arbeitete schnell. Wenn man ihn nun schon gesehen hatte, sollte er aus dieser Tatsache wenigstens das Beste machen. Dieser komische Kauz sah ganz so aus, als wäre er über den neuesten Klatsch im Ort informiert.

»Genau Sie brauche ich jetzt«, meinte er fröhlich. »Wo könnte ich hier absteigen? Ich will mich hier vielleicht als Elektriker niederlassen. Vielleicht können Sie mir einen Tip geben, wie die Chancen hier so stehen. Aber zuerst einmal — gibt es hier ein Hotel?«

Blake fuhr sich mit der Hand durch sein struppiges, nicht eben sauberes Haar.

»Ja«, meinte er langsam, »das ›Railway‹.« Für die kurze Strecke würde er nicht viel bekommen. »Aber da würde es Ihnen nicht gefallen. Schlechtes Essen und verwässertes Bier.«

Plett lachte.

»Klingt nicht gerade verlockend. Was würden Sie vorschlagen?«

»Das ›Royal George‹, Sir — das beste Hotel in der Stadt. Heute ist Markt, da treffen Sie dort alle Bauern und Händler.«

»Ich fürchte, das ist für mich eine Nummer zu groß, das große Geld mache ich nämlich noch nicht. Gibt es hier nichts Kleineres? Nein? Na gut, dann eben ins ›George‹. Aber ich würde gern auch andere Leute kennenlernen, nicht nur reiche Bauern und Geschäftsleute. Wo trinken Sie denn so Ihr Gläschen?«

»Im ›Silver Herring‹, Sir, unten am Hafen. Da sind meistens Fischer und so Leute wie ich. Nicht ganz das richtige für Sie, wenn Sie Geschäftspartner suchen.«

»Sagen Sie das nicht, je mehr Leute man trifft, desto größer sind die Chancen. Außerdem ist es bei euch im ›Silver Herring‹ sicher lustiger als bei den feinen Schnöseln im ›Royal George‹.«

Der Dienstmann grinste und zeigte dabei eine Reihe fleckiger schlechter Zähne.

»Na ja, 'n bißchen lockerer vielleicht. Da erfahren Sie immer das neueste.«

»Hier ist doch sicher nicht viel los, oder?« fragte Plett.

»Eigentlich nicht. Aber Sie haben Glück. Im Augenblick ist ganz schön was los; wir haben nämlich gerade 'nen Selbstmord gehabt. Am Weihnachtsabend — und noch dazu einer von den feinen Schnöseln, Colonel Cherrington, falls Sie den kennen.«

»Warum hat er es getan?«

»Ja, das möchten alle gern wissen«, antwortete Crooky und grinste vielsagend. »Ich wette, er hat einen guten Grund dafür gehabt. Ich schätze, daß er irgendwas zu verbergen hatte, aber das halten sie bestimmt geheim.«

Inzwischen waren sie am ›Royal George‹ angekommen; Plett bezahlte Blake und lud ihn für den Abend auf ein Bier in den ›Silver Herring‹ ein. Wenig später schrieb er sich im Gästebuch des Hotels ein, ohne dabei allerdings seinen richtigen Beruf anzugeben.

In der Zwischenzeit machte Superintendent Kneller die Bekanntschaft von Chefinspektor Myrtle. Zunächst entschuldigte Kneller sich erst einmal dafür, daß er ihn am Bahnhof hatte warten lassen, weil er nicht von zu vielen Leuten gesehen werden wollte. Dann informierte er den Chefinspektor über die Einzelheiten des Falles, berichtete über Colonel Cherrington und die mit seinem Tod zusammenhängenden Umstände und faßte schließlich die Ergebnisse der Nachforschungen zusammen, die Inspektor Joss und er angestellt hatten.

»Damit möchte ich nicht behaupten«, schloß Kneller, »daß der Colonel mit Sicherheit ermordet wurde, aber ich würde mich auch nicht dafür verbürgen, daß es nicht der Fall ist. Diese Papierschnipsel kommen mir spanisch vor, die Schrift sieht gefälscht aus, und es fällt schwer, zu glauben, daß er nicht gesehen hat, daß nicht alles verbrannt war. Niemand will einen solchen gelblichen Brief gesehen haben; nicht einmal die Hausmädchen, und die achten doch sonst schon aus reiner Neugier auf so etwas. Er könnte allerdings in einem normalen Umschlag gewesen sein; die Schrift konnte ich leider niemandem zeigen, weil ich nicht will, daß jemand den Wortlaut erfährt.«

»Was haben denn die Hexmans auf Sie für einen Eindruck gemacht?« fragte Myrtle. »Haben sie sich irgendwie verdächtig verhalten?«

Kneller zögerte.

»Ein bißchen schon — aber das ist ja wohl verständlich, wenn man einer solchen Nervenbelastung ausgesetzt ist.«

»Ja, da haben Sie recht. Ich gebe ohnehin nicht viel auf den äußeren Eindruck. Nehmen wir doch einmal an, es war Mord. Wenn sich wirklich jemand im Haus versteckt gehalten hat, konnte er doch wohl am besten verschwinden, bevor Ihr Inspektor Heskell ankam.«

»Ja, das würde ich auch sagen. Hexman und seine Frau waren beim Colonel, und die Mädchen waren oben in ihren Zimmern. Aber wenn sich wirklich jemand davongemacht hat, dann sicher nicht vom Erdgeschoß aus.«

Nachdem die zwei Beamten diesen Punkt noch eine Weile erörtert hatten, fuhren sie nach Monks Holme, und Myrtle sah sich schnell im Arbeitszimmer um. Dann ließ er sich den Hexmans vorstellen. Superintendent Kneller erklärte ihnen, daß Chefinspektor Myrtle von Scotland Yard geschickt worden war, um bei der Klärung des Falles mitzuarbeiten. Dann verabschiedete er sich.

Myrtle merkte gleich, daß die Hexmans sehr angespannt und nervös waren, was in Anbetracht des auf Captain Hexman ruhenden Verdachtes nur verständlich war. Er stellte deshalb nur einige allgemeine Fragen über die Lebensgewohnheiten und Interessen von Colonel Cherrington. Abschließend erkundigte er sich dann, ob der Colonel nach dem Abendessen öfter noch gearbeitet oder geschrieben hatte.

»Nein, eigentlich nie, Chefinspektor«, antwortete George Hexman. »Seine Schreibarbeiten hat er immer morgens erledigt. Nach dem Abendessen hat er immer gelesen; manchmal ist er auch einfach eingeschlafen, weil er um die Zeit ohnehin müde war.«

»Das ist bei älteren Menschen nicht ungewöhnlich«, meinte Myrtle, »und nach einer so ermüdenden Angelegenheit wie einem Weihnachtsessen hätte er das Erledigen seiner Korrespondenz doch sicher auf den nächsten Morgen verschoben, es sei denn, das wäre aus einem bestimmten Grund nicht möglich gewesen.«

Inzwischen war es schon vier Uhr vorbei, und da Myrtle sich für fünf Uhr beim Anwalt der Familie angemeldet hatte, ließ er sich von Inspektor Heskell in dessen Wagen mitnehmen.

Mr. Carnabys Büro lag in einem kleinen, schmutziggrauen Haus; der Raum selbst aber war groß und gemütlich. Cyril Carnaby entsprach der Vorstellung, die die meisten Leute von einem Anwalt haben, überhaupt nicht. Er war kein vertrockneter alter Kauz, sondern ein großer, gutaussehender Mann, der nicht wie vierzig, sondern eher wie dreißig wirkte.

»Freut mich sehr, Sie kennenzulernen, Chefinspektor«, begrüßte er Myrtle herzlich. »Es war wirklich sehr vernünftig vom Chief Constable, Sie so schnell zu Rate zu ziehen.«

»Glauben Sie denn, daß der Fall es erfordert?«

»Ein Selbstmord ist immer eine komplizierte Sache, besonders wenn es sich um einen Mann wie Colonel Cherrington handelt. Ich habe keinen Grund, an einem Selbstmord zu zweifeln, aber ich muß sagen, es fällt mir sehr schwer, das alles zu verstehen.«

»Deswegen wollte ich Sie auch so bald wie möglich sprechen. Sie waren ja sein Anwalt, vielleicht können Sie mir mehr sagen als die Hexmans.«

Carnaby betrachtete seine polierten Fingernägel.

»Schon möglich, allerdings bestimmt nicht genug, um einen Selbstmord zu begründen. George Hexman hat Ihnen sicher von dem Geld erzählt, das der Colonel durch den Kauf dieser mexikanischen Ölaktien verloren hat. Was Hexman aber wahrscheinlich nicht weiß — die Sache ging noch weiter. Der Colonel dachte, daß alles allein Hexmans Schuld gewesen wäre und hat sich deshalb noch an einen anderen Börsenmakler gewandt. Der konnte ihm aber nicht nur sein Geld nicht wiederbeschaffen, sondern verlor noch weitere fünfzehntausend.«

Myrtle stieß einen leisen Pfiff aus.

»Wie hat er es aufgenommen?«

»Wie es so seine Art war — er hat keine Miene verzogen, obwohl es für ihn, der ja kein Spieler war, ein furchtbarer Schlag gewesen sein muß. Ich meine, er hat natürlich schon gespielt, aber er ,hätte es ganz sicher nicht so bezeichnet. Es ist erstaunlich, wie tief religiöse Menschen sich selbst etwas vormachen können. Sie bringen es fertig, mit einer Frau eine Affäre zu haben und das Ganze in völliger Ignoranz des siebten Gebots als etwas Gutes und Edles zu betrachten.«

»Sie glauben doch nicht, daß wir es hier mit so einer Geschichte zu tun haben?« fragte Myrtle.

»Nein, ganz bestimmt nicht. Wissen Sie über die Sache mit seiner Frau Bescheid? Also, so wie ich das mitbekommen habe und nach dem, was mein Onkel mir erzählt hat, hat er seither keine Frau mehr angeschaut. Er hat sie einfach aus seinem Leben gestrichen.«

»Und wie ist das mit seinen Verlusten? Hat irgend jemand davon gewußt?«

»Der Geschäftsführer der Bank vermutlich; sonst niemand, glaube ich. Ich möchte Sie übrigens bitten, darüber Stillschweigen zu bewahren; ich möchte nicht, daß der alte Herr noch nachträglich ins Gerede kommt.«

»Selbstverständlich. Es handelt sich ja auch um eine Information, die nur für mich wichtig ist.«

Und das war sie tatsächlich. Chefinspektor Myrtle spielte mit dem Gedanken, daß Captain George Hexman vielleicht durch irgendeinen redseligen Börsenmakler erfahren haben könnte, daß sein Schwiegervater das Familienvermögen verspekulierte. Vielleicht hatte er sich dann gedacht, daß man dem Ganzen möglichst schnell einen Riegel vorschieben müßte?

9 Woher kam der Täter?

Die Gerichtsverhandlung über die Feststellung der Todesursache war für Mittwochmorgen anberaumt worden; Chefinspektor Myrtle hatte aber nicht die Absicht, ihr beizuwohnen. Die ganze Sache würde nicht lange dauern, aber nachdem alle Bewohner von Monks Holme als Zeugen vorgeladen worden waren, war ihm endlich die Gelegenheit geboten, sich einmal gründlich und ungestört im Haus umzusehen.

Zuvor stattete er noch dem Geschäftsführer der East Coast Bank einen Besuch ab. Mr. Willison war nicht weniger hilfsbereit als Mr. Carnaby; Myrtle war selten einem Geschäftsführer begegnet, der ihm so bereitwillig die nötigen Auskünfte gegeben hatte. Colonel Cherringtons Konto war nie überzogen worden; das war allerdings nur der Tatsache zuzuschreiben, daß er nach seinen Verlusten an der Börse seine Wertpapiere verkauft hatte. Das ihm verbliebene Vermögen hatte zwar immer noch fast hunderttausend Pfund betragen, der Verlust von zwanzigtausend Pfund mußte aber trotzdem ein schwerer Schlag für ihn gewesen sein, und Myrtle hielt die Fehlspekulationen des Colonels weiterhin für ein gutes Mordmotiv. Und nachdem ihm der Anwalt gesagt hatte, daß Mrs. Hexman die Alleinerbin war, war eigentlich ziemlich klar, wem sich der Gedanke an eine Beseitigung des glücklosen Spekulanten am ehesten aufgedrängt haben mußte.

Der junge Detektiv, der ihm bei der Durchsuchung des Hauses helfen sollte, gefiel Myrtle. Dieser Joss war offensichtlich eifrig und intelligent, ohne sich aber dabei in den Vordergrund drängen zu wollen. Er hatte ihm gleich zu Beginn seine Überlegungen bezüglich der eigenartigen Lage der Leiche mitgeteilt, und Myrtle kam bald auf diesen Punkt zurück.

»Wenn es Selbstmord war, Joss, dann ist die Sache für mich ziemlich klar; der Colonel ist aufgestanden und hat sich erschossen. Die Brille hat er entweder hochgeschoben, oder er hat sie in der linken Hand gehabt und ist dann draufgefallen. Es ist allerdings seltsam, daß sie so völlig zertrümmert ist. Vielleicht ist er ja auch draufgetreten. Sollte es sich hier um Mord handeln, und es besteht Grund zu dieser Annahme, dann sieht das mit der Leiche und der Brille natürlich ganz anders aus. Hexman selbst hat uns ja gesagt, daß der Colonel nach dem Essen nicht mehr arbeitete, er hat also höchstwahrscheinlich nicht am Schreibtisch gesessen, sondern irgendwo anders seine Zeitung gelesen oder geschlafen. Aber wo?«

Die zwei Detektive sahen sich im Arbeitszimmer um. Es war ein kleiner Raum, in dem es nur einen bequemen Sessel gab. Er stand vor dem Kamin, von der Tür abgewandt.

»Klarer Fall, nicht?« meinte Myrtle. »Der alte Mann kommt müde nach Hause, setzt sich mit einem Buch oder einer Zeitung in . . . haben Sie eigentlich eine Zeitung gefunden, Joss?«

»Nein, ich nicht. Heskell war zuerst hier, aber er schwört, daß er nichts angefaßt hat.«

»Er muß aber doch etwas zu lesen gehabt haben; man setzt sich doch nicht zum Schlafen hin. Vielleicht hat der Mörder alles weggeräumt, um uns nicht von der Selbstmordtheorie abzubringen.«

Myrtle sah sich um und erblickte auf einem Tischchen einige Zeitungen und Zeitschriften. Zuoberst lag die ›Times‹ vom 24. Dezember, dem Todestag des Colonels.

»Schauen Sie sich das an!«

Myrtle hatte die Zeitung aufgeschlagen; in der Mitte war ein langer Riß zu sehen. Myrtles Augen funkelten.

»Da haben wir es, Joss; er hat die Zeitung versehentlich zerrissen, als er niedergeschlagen wurde.«

»Niedergeschlagen, Sir?«

»Ja, natürlich. Überlegen Sie doch mal, Mann. Wenn Cherrington erschossen worden ist, müssen diese Briefe vorher verbrannt worden sein, denn hinterher war ja dafür keine Zeit. Es ist also ganz klar, daß er niedergeschlagen worden ist. Wir kommen der Sache langsam näher, Joss. Vielleicht war es auch der Mörder, der auf die Brille getreten ist. Auf den Boden mit Ihnen, Joss, spielen Sie mal Sherlock Holmes. Fangen Sie hier bei dem Sessel an; nachdem er rechts getroffen wurde, müßte die Brille auf die linke Seite gefallen sein.«

Er hatte den Satz noch nicht ganz beendet, als Joss schon bäuchlings auf dem Boden lag und den Teppich absuchte.

»Sie hatten recht«, rief er wenig später aufgeregt. »Hier sind winzige Glassplitter.«

»Ja, er hat alle, die er sehen konnte, aufgehoben. Wegwerfen konnte er sie nicht, weil das Fehlen der Brille aufgefallen wäre, also hat er die zerbrochene Brille einfach unter die Leiche geschoben, damit wir denken, daß der Colonel draufgefallen ist.«

»Glauben Sie, daß all das auf den Captain als Täter hindeutet?«

»Nicht unbedingt; jedenfalls deutet es auf Mord, und das ist schon ein großer Schritt vorwärts.«

Er warf einen Blick auf die Uhr.

»Du lieber Himmel, es ist gleich halb zwölf, sie können jeden Augenblick zurückkommen. Sehen wir uns lieber noch in den anderen Zimmern um, solange wir noch Zeit haben.«

Da die Zeit drängte, entschloß sich Myrtle, gleich in den ersten Stock zu gehen, weil es nicht sehr wahrscheinlich schien, daß jemand durch eines der Fenster im Erdgeschoß eingestiegen war und die Fenster hinter sich geschlossen hatte. Die Untersuchung von Mrs. Hexmans Schlafzimmer und Captain Hexmans Ankleideraum erschien ihm ebenfalls überflüssig, weil der Eindringling — sollte es einen gegeben haben — nicht durch diese Zimmer gekommen sein konnte. Im ersten Stock gab es außer diesen zwei Räumen noch zwei Schlafzimmer. Das eine hatte dem Colonel gehört; es war ein kleiner, spartanisch eingerichteter Raum. Das zweite Schlafzimmer diente offensichtlich als Abstellraum; es war ziemlich staubig. Eine sorgfältige Untersuchung des Fensters ergab, daß sich dort möglicherweise jemand gewaltsam Einlaß verschafft hatte.

»Das sieht ganz nach einem Eindringling aus, Sir«, meinte Joss.

Chefinspektor Myrtle lächelte.

»Vielleicht sollen wir das denken«, sagte er.

»Sie meinen, das Ganze ist nur vorgetäuscht, Sir?«

»Vielleicht. Bis jetzt können wir mit Sicherheit nur sagen, daß jemand eingestiegen sein kann; eindeutige Beweise dafür haben wir nicht.«

»Ich könnte es mir gut vorstellen. Allerdings bliebe dann die Frage, wie er dann nach dem Mord ungesehen entkommen konnte. Wenn der Täter von außen gekommen ist, müssen wir auch die Aussage des Captains glauben, nach der er etwa eine Minute nach dem Schuß nach unten gelaufen ist. Warum hat er den Mann dann nicht gesehen?«

Myrtle nickte.

»Das ist eine gute Überlegung. Kommen Sie, wir unterhalten uns unten darüber. Ich möchte nicht, daß man uns hier findet.«

Die zwei Männer gingen die Hintertreppe hinunter in die Diele. Als sie auf dem Weg zum Arbeitszimmer an der Vordertreppe vorbeigingen, blieb Myrtle plötzlich stehen.

»Schauen Sie doch mal kurz nach draußen, ob jemand kommt.«

Als Joss zurückkam, war der Inspektor verschwunden. Auch im Arbeitszimmer war er nicht, und Joss beschloß deshalb, auf ihn zu warten.

Dann hörte er jemand seinen Namen rufen. Er ging zurück in die Diele, aber dort war noch immer niemand zu sehen. Wieder hörte er jemanden rufen, und diesmal kam es ganz aus seiner Nähe. Er fuhr herum und entdeckte, daß sich unter der Treppe eine Art Einbauschrank befand. Er öffnete ihn und fand darin Myrtle, der mit einer Taschenlampe darin herumleuchtete.

Er kam heraus und meinte:

»Das könnte die Lösung unseres Problems sein. Für einen Mörder ist dieser Schrank geradezu von Gott gesandt. Hier konnte er sich verstecken und warten, bis die Luft rein war.«

»Das wäre aber doch ein ziemliches Risiko gewesen, Sir.«

»Mord ist nun mal ein riskantes Geschäft, Joss. Aber wenn wir es hier mit einem Eindringling zu tun haben, handelt es sich um einen kaltblütigen Mann, der wußte, was er tat. Übrigens ist das Risiko gar nicht so groß. Alles deutete ja darauf hin, daß sich der Colonel selbst erschossen hatte, also suchte man auch nicht nach einem Mörder. Dazu mußte erst ein intelligenter junger Detektiv kommen, der sich im Arbeitszimmer genauer umsah und ein bißchen nachdachte. Der mußte natürlich dann erst mit seinem Vorgesetzten sprechen, und bis dahin hatte unser Freund ja dann wirklich genug Zeit, um zu verschwinden, notfalls sogar durch die Vordertür.«

Joss, der trotz des versteckten Kompliments ein schlechtes Gewissen hatte, weil er nicht in den Schrank geschaut hatte, fragte:

»Haben Sie in dem Schrank irgend etwas gefunden, das unsere Theorie stützen würde, Sir?«

Myrtle lachte.

»Leider nicht das, was Sherlock Holmes sicher gefunden hätte. Da drin liegen Körbe, Golftaschen, Gewehre, Kartons und der übliche Krempel. Es ist genug Platz da, um sich verstecken zu können, aber kein Beweis dafür, daß jemand es getan hat. Was wir heute morgen hier gefunden haben, Joss, sind Hinweise darauf, daß es sich um einen Eindringling gehandelt haben könnte; wir haben aber keinerlei Beweise dafür, daß es so gewesen sein muß. Wonach wir jetzt suchen müssen, ist nach dem Motiv, das ein Täter von außen gehabt haben könnte.«

10 Kein Rauch ohne Feuer

Am Abend nach der Gerichtsverhandlung hatte Jasper Blossom, der Wirt des ›Silver Herring‹, ein volles Haus. Jedes außergewöhnliche Ereignis in Great Norne war Wasser auf Jaspers Mühlen, und eine Gerichtsverhandlung war ein ganz besonderer Leckerbissen, vor allem, wenn sie einen Mann wie Colonel Cherrington zum Gegenstand hatte. Jeder hatte zu dem Thema etwas zu sagen oder zu fragen, und die Tatsache, daß eigentlich keiner etwas Genaues wußte, tat dem allgemeinen Vergnügen keinerlei Abbruch. Bei der

Gerichtsverhandlung hatte man nicht von Mord gesprochen, aber an diesem Abend lag das Wort in der Luft. Schließlich mußte doch an der ganzen Sache etwas faul sein, wenn das Gericht die Verhandlung vertagt hatte.

Ben Hard, seines Zeichens Fischer und selbsternannter Vorsitzender des ›Geschworenengerichts‹, vertrat die Ansicht, daß der Colonel gar nicht durch einen Schuß, sondern durch Gift umgekommen sei. Irgendein Spaßvogel meinte daraufhin, daß er sich ja auch selbst erdrosselt haben könnte; eine Bemerkung, die mit allgemeinem Gelächter quittiert wurde.

Dann warf Jasper eine neue Frage auf.

»Ich hab' gehört, daß der Superintendent gestern einen vom Bahnhof abgeholt haben soll. Ob das jemand von Scotland Yard ist?«

Obwohl keiner diese Vermutung mit Sicherheit bestätigen konnte, war man sich schnell einig, daß daran eigentlich kein Zweifel bestehen konnte.

Um genau zu sein, müßte man eigentlich sagen, daß keiner die Vermutung bestätigte, denn Sergeant Plett hätte es sehr wohl gekonnt. Er saß ruhig neben dem schweigsamen Eb Creech und verfolgte die stürmische Diskussion aufmerksam. Niemand beachtete ihn sonderlich, aber nachdem er am Vorabend großzügig Runden spendiert hatte, hielt man ihn der Gesellschaft für würdig.

Plett versuchte, mit seinem Nachbarn ins Gespräch zu kommen, aber Eb Creech hatte keine Lust, sich zu unterhalten. Nachdem Plett ihm von seinen beruflichen Plänen erzählt hatte, ließ Eb sich lediglich zu der Bemerkung herab, daß es in Great Norne eigentlich genügend Elektriker gäbe. Damit schien das Thema erschöpft.

Die allgemeine Diskussion schwenkte bald wieder auf das Ausgangsthema ein, auf den Colonel und seinen Schwiegersohn. Den harten alten Mann hatte man in Great Norne respektiert, wenn er sich auch in keiner Weise beliebt gemacht hatte. Als zweiter Vorsitzender des Gerichts hatte er mehr als einmal dafür gesorgt, daß eine härtere Strafe verhängt wurde, als der Richter ursprünglich vorgeschlagen hatte. Man wußte auch, daß er Richard Bartons Frau ihre Affäre mit dem Matrosen heftig zum Vorwurf gemacht hatte. Dafür hatte man aber in Anbetracht der unglücklichen Ehe des Colonels Verständnis.

Sein Schwiegersohn dagegen war beliebt, aber Respekt hatte niemand vor ihm. Er tat nicht so vornehm, war immer freundlich und vor allem spendabel. Respekt brachte ihm deshalb niemand entgegen, weil alle ihn für einen Verschwender hielten, der seiner Frau oder vielmehr dem Colonel auf der Tasche lag.

»Der Captain lebt aber auch nicht mehr auf so großem Fuß wie früher«, meinte Ben Hard. »Ein bißchen mehr Geld käme dem bestimmt nicht ungelegen. Damit will ich natürlich nicht sagen, daß der Captain soweit gehen würde, den Colonel aus dem Weg zu räumen.«

»Das ganze Gerede über Mord finde ich einfach blödsinnig«, warf Crooky Blake ein, der lange Zeit geschwiegen hatte. »Ist doch ganz klar, daß der alte Herr sich umgebracht hat. Und warum? Weil er nämlich was zu verheimlichen hatte. Irgendeinen Grund wird er schon gehabt haben, Rauch ohne Feuer gibt's ja schließlich nicht. Ich sag euch, irgendwo gibt's da 'nen dunklen Punkt.«

Blake stierte in seinen leeren Bierkrug — nach Pletts Schätzung war es der dritte oder vierte —, stand auf und ging mit unsicheren Schritten zum anderen Ende der Theke. Sergeant Plett fühlte, wie jemand ihn anstieß, und als er sich umwandte, grinste ihm Eb Creech zu und deutete mit dem Daumen hinter sich. Plett folgte der Handbewegung, und sein Blick fiel auf den Dienstmann, der von Blossom gerade eine Flasche bekam.

»Gin, was?« flüsterte Plett.

Creech nickte und kicherte leise.

»Klammheimlich«, meinte er leise.

Blake ging langsam zur Tür. Niemand beachtete ihn, denn jetzt konzentrierte sich die allgemeine Aufmerksamkeit auf einen kleinen Mann in Postbotenuniform, der eine neue, interessante Theorie zum besten gab.

»Ihr redet alle, als würde der Captain das Geld kriegen, dabei kriegt es doch seine Frau.«

»Das kommt doch auf dasselbe heraus, Charlie, oder?« meinte der Wirt.

»Eben nicht. Kann doch sein, daß sie was ganz Bestimmtes damit vorhat«, sagte Charlie Trott düster.

»Worauf willst du eigentlich hinaus? Raus damit, Charlie!«

»Hast du vielleicht ihre Briefe gelesen, du Gauner?«

Im Schankraum schwirrte es vor neugierigen Fragen. Das Ganze hörte sich an wie eine Meute, für die man eine neue Spur gelegt hatte.

»Ich tu meine Arbeit und halt meine Augen offen«, erklärte der Briefträger. »Ist doch ganz klar, daß eine hübsche junge Frau mit einem Mann nicht auskommt.«

»Wer ist es denn?« — »Komm, du weißt doch was!« — »Wie heißt er?«

Aber Charlie Trott, der die Meute jetzt auf eine neue Fährte gelockt hatte, wollte sich da nicht festlegen. Das störte seine Zuhörer allerdings herzlich wenig. Die Fischer und Arbeiter von Great Norne scherten sich nicht weiter um die Gesetze über üble Nachrede und Verleumdung und fingen an, eine Liste möglicher Kandidaten aufzustellen, die für die Rolle des großen Unbekannten in dieser skandalösen Affäre in Frage kamen. Cyril Carnaby, Dr. Fred Stopp und Gerry Winch — der Sohn vom Wirt des ›Royal George‹ — wurden am höchsten gehandelt, wobei der junge Rechtsanwalt die wenigsten Bieter fand. Es lag allerdings noch eine große Zahl weiterer Teilnehmer im Rennen, und es dauerte nicht lange, bis aus den üblen Verleumdungen obszöne wurden. Jasper Blossom sah sich schließlich gezwungen, seine Tochter aus dem Schankraum zu schicken.

Auch für Sergeant Plett war es Zeit geworden, obwohl es noch früh am Abend war. Er mußte zu seinem Vorgesetzten aufs Revier, wo er sich jeden Abend um acht Uhr einfinden sollte, um Bericht zu erstatten und um neue Anweisungen entgegenzunehmen.

Es war eine kühle und mondlose Nacht, und nach dem Abend in der überfüllten und stickigen Kneipe fuhr Plett die Kälte in die Glieder. Der Detektiv brauchte eine Weile, bis seine Augen sich an das Dunkel gewöhnt hatten, aber er wollte sich nicht auf den Weg machen, solange er nicht richtig sehen konnte. Der ›Silver Herring‹ lag dicht beim Hafen, wo er sich nicht besonders gut auskannte. Nachdem Blake ihm die Geschichte vom Unfall des Pfarrers erzählt hatte, verspürte er wenig Lust, irgendwo in kaltes Wasser oder glitschigen Schlamm zu stürzen. Er hatte keinen schönen Weg vor sich, denn die örtlichen Straßen waren alles andere als berühmt. Plett stolperte zweimal und stieß gegen einen Laternenpfahl und eine Schubkarre, bevor er besser sehen konnte. Die Schubkarre verblüffte ihn besonders, nicht nur, weil sie mitten auf der Straße stand, sondern vor allem, weil sie irgendwelche Geräusche von sich gab, Geräusche, die sich ganz nach einem Stöhnen anhörten. Plett zog seine Taschenlampe heraus; in ihrem Lichtschein sah er, daß in der Karre eine zusammengekrümmte Gestalt lag.

Plötzlich aber wurde aus dem Stöhnen ein lautes Schnarchen, und dem Detektiv wurde klar, daß es sich um seinen Freund Blake handelte, der hier offensichtlich sein Zechgelage beendet hatte. Es roch stark nach Schnaps, und die Flasche, deren Übergabe Plett beobachtet hatte, lag jetzt leer in Crookys Schoß. Plett hielt sich mit Blake aber nicht weiter auf, sondern eilte weiter zu seinem Treffen. Er kam genau mit dem letzten Glockenschlag auf der Polizeistation an. In dem hellerleuchteten Raum war eine ganze Anzahl von Uniformierten und Beamten. Superintendent Kneller saß vor dem Kamin und genoß die Wärme. Chefinspektor Myrtle saß auf der Tischkante, neben ihm Inspektor Joss mit seinem Notizbuch. Inspektor Heskell stand am Fenster und blickte in die Nacht hinaus, während Constable Peter Flaish respektvoll in der Ecke stand, wo er von Zeit zu Zeit sein beträchtliches Gewicht von einem müden Fuß auf den anderen verlagerte. Offensichtlich war irgendeine Konferenz im Gange. Bei Pletts Eintreten sahen alle kurz auf, aber dann beachtete man ihn nicht weiter.

»Sie sehen«, sagte Chefinspektor Myrtle zu Kneller, »wir sind an einem Punkt angekommen, wo sich mehrere Lösungsmöglichkeiten anbieten. Am meisten spricht dafür, daß der Täter jemand aus dem Haus war, weil in dem Fall sowohl das Motiv als auch die Gelegenheit offensichtlich ist, und nach meiner Erfahrung ist die offensichtlichste Lösung meistens die richtige. Allerdings haben wir auch genügend Beweise dafür gefunden, daß es sich um einen Täter von außerhalb gehandelt haben könnte, obwohl wir im Moment noch nicht sagen können, um wen es sich gehandelt und welches Motiv er gehabt haben könnte. Ich bin der Meinung, daß wir in beiden Richtungen weiter ermitteln sollten, und das bedeutet, daß wir uns in Gruppen aufteilen müssen.«

»Was schlagen Sie vor?« fragte Superintendent Kneller.

»Nun, Sir, ich meine, wir sollten uns mal näher mit dem Schwiegersohn befassen. Er arbeitet ja anscheinend in London, das könnte ich also übernehmen; ich könnte da sicher auch etwas über seine Finanzen in Erfahrung bringen.«

»Ja, das ist wirklich ein wichtiger Punkt«, sagte Kneller.

»Was unseren Täter von außerhalb betrifft, so glaube ich, daß Sie mit Ihren Leuten da mehr tun können. Ich möchte gern, daß Inspektor Joss die Nachforschungen leitet, bis ich aus London zurückkomme. Wenn noch jemand einen Grund hatte, Colonel Cherrington umzubringen, dann muß es Beweise dafür geben; irgend jemand muß etwas wissen. Joss könnte sich einmal mit dem Anwalt der Familie, Mr. Carnaby, unterhalten, dann mit dem Arzt und noch ein paar Leuten, die den Colonel gut gekannt haben. Mit dem Captain und Mrs. Hexman werde ich mich noch selbst unterhalten, bevor ich fahre. Es könnte vielleicht nicht schaden, sie wissen zu lassen, daß wir noch andere Spuren haben; möglicherweise werden sie dann unvorsichtig. Und dann haben wir hier noch Sergeant Plett; ich schlage vor, er arbeitet unter Inspektor Joss, wenn er ihn gebrauchen kann.«

Er warf einen fragenden Blick hinüber zu Joss, der ganz offensichtlich befriedigt war über die wichtige Aufgabe, die man ihm übertragen hatte.

»Ich würde mich über Sergeant Pletts Mitarbeit freuen, Sir. So-viel ich weiß, ermittelt er in dem Fall ja schon, allerdings weiß ich darüber nichts Genaues.«

»Ich hielt es für gut, wenn sich noch jemand in der Stadt umhö-ren würde, der nicht nach Polizei aussieht. Plett hat sich als Elektri-ker ausgegeben, der sich hier niederlassen will; er wohnt im ›Royal George‹ und unterhält sich mit so vielen Leuten wie mög-lich. Haben Sie sich auch schon die Kneipen vorgenommen, Plett?«

»Bis jetzt erst eine, Sir, den ›Silver Herring‹.«

»Den kennen Sie anscheinend, Constable?« meinte Myrtle zu Flaish, über dessen Gesicht ein breites Lächeln gegangen war. Der Constable, der sich plötzlich im Mittelpunkt des Interesses fand, fuhr sich mit der Hand über die Lippen — mit dem Namen verban-den ihn anscheinend gewisse Assoziationen.

»Nun, Sir, gelegentlich trinke ich dort ein Gläschen, nach Dienstschluß natürlich.«

»Was gehen da für Leute hin? Kann man glauben, was sie so er-zählen?«

Flaish überlegte seine Antwort sorgfältig.

»Im großen und ganzen schon, Sir, obwohl einige dabei sind, die sich gern reden hören.«

»Danke, Constable, das hilft uns weiter. Nun, Plett, haben Sie was gehört, das uns weiter bringt, besonders in bezug auf einen Täter von außen?«

»Nein, ich glaube nicht, Sir. Heute abend haben die Leute über den Colonel und seine Familie geredet. Ein paar Leute tippen auf Mord, aber nur, weil die Gerichtsverhandlung vertagt worden ist und Scotland Yard jetzt in dem Fall ermittelt.«

»Oh, das weiß man also schon? Ich frage mich, wie sich das so schnell herumgesprochen hat. Ich habe doch nur mit dem Anwalt, dem Geschäftsführer und den Hexmans gesprochen. Ich hätte nicht gedacht, daß einer von denen darüber reden würde.«

Superintendent Kneller lächelte.

»Es brauchte auch keiner darüber zu reden«, meinte er. »Be-stimmt hat man Sie auf dem Bahnhof oder hier gesehen und dann zwei und zwei zusammengezählt; wir sind zwar vom Land, aber deshalb sind wir nicht von gestern.«

Myrtle war höflich genug, zu erröten.

»Tut mir leid, Sir. Ja, es war wohl ziemlich offensichtlich. Sie ha-ben also nichts Interessantes gehört, Plett?«

Plett zögerte.

»Das einzige war eine Andeutung, die der Briefträger gemacht hat, Trott heißt er, glaube ich. Er äußerte den Gedanken, daß es vielleicht gar nicht der Captain ist, der vom Tod des Colonels profitiert. Er glaubt, daß Mrs. Hexman — einen anderen Mann hat.«

Myrtle richtete sich auf.

»Was? Das könnte von Interesse sein. Weiß einer von Ihnen was darüber?«

Niemand sagte etwas. Kneller schaute hinüber zu Inspektor Heskell, der offensichtlich dem ganzen Geschehen wenig Aufmerksamkeit schenkte.

»Wissen Sie etwas darüber, Heskell?« fragte er scharf.

Heskell drehte sich herum.

»Entschuldigen Sie, Sir. Ich fürchte, ich . . . da brennt es irgendwo hinter der Stadt. Ich dachte zuerst, jemand würde Laub verbrennen, aber dafür ist es eigentlich ein bißchen spät; außerdem scheint das Feuer immer größer zu werden. Wenn Sie mich entschuldigen würden, würde ich das gern überprüfen.«

Das Telefon klingelte. Heskell hob den Hörer ab.

»Was? Manor? Das Manor House oder die Manor Farm? Ist die Feuerwehr verständigt? Gut.«

Er knallte den Hörer auf die Gabel und drehte sich zu seinem Vorgesetzten herum.

»Auf der Manor Farm brennt es, Sir«, sagte er. »Die Feuerwehr ist unterwegs. Wenn Sie nichts dagegen haben, fahre ich hin.«

11   Nach dem Brand

»Wem gehört die Farm?« fragte Superintendent Kneller.

»Mr. Gannett, Sir.«

»Ist das nicht der Mann, der . . .?«

Kneller deutete mit einer Handbewegung an, was er meinte. Inspektor Heskell nickte.

»Wahrscheinlich brauchte der ziemlich lange, um ein Feuer zu löschen, Sir.«

»Ja. Na ja, wenn die Feuerwehr unterwegs ist, wird die das erledigen. Ich werde mich jetzt auf den Heimweg machen. Zu unserem Fall gibt es doch im Augenblick nichts mehr zu sagen, Chefinspektor?«

»Nein, Sir, ich glaube nicht. Ich melde mich dann gleich, wenn ich aus London zurück bin.«

»Sie kommen doch sicher mit mir, Joss?« fragte Superintendent Kneller.

»Wenn Sie nichts dagegen haben, würde ich gern mit Mr. Heskell zu der Farm fahren und mich mal umsehen; vor ein paar Monaten hatten wir in der Gegend eine Brandstiftung, die sich als Versicherungsbetrug herausstellte.«

»Vielleicht haben Sie recht. Wenn dieser Gannett wirklich so heruntergekommen ist, hat er vielleicht finanzielle Schwierigkeiten und sucht nach einem Ausweg. Allerdings war er, glaube ich, immer ein anständiger Mensch.«

»Jetzt kommen Sie endlich, Joss«, murrte Inspektor Heskell. »Ich hätte schon vor zehn Minuten da sein sollen.«

Als die zwei Beamten auf die Farm zufuhren, sahen sie, daß das Feuer schon um sich gegriffen hatte. Allmählich schienen es die Feuerwehrleute jedoch unter Kontrolle zu bekommen. Heskell ging hinüber zu Brandmeister Banner und fragte ihn, ob er Hilfe brauche.

»Wenn Sie vielleicht die Leute fernhalten könnten; sie plündern, wenn man nicht auf sie aufpaßt.«

»Ich werde mich darum kümmern«, sagte Heskell. »Wo ist Mr. Gannett?«

»Ich habe ihn nicht gesehen. Ich habe nur eine alte Frau gesehen; anscheinend hatte ein Junge mit einem Fahrrad Alarm gegeben.«

Heskell und Joss gingen um die Gebäude herum. Nur das Farmhaus brannte, aber es war noch zu früh, um sich darin umzusehen, obwohl schon einige Feuerwehrleute darin arbeiteten.

»Ich frage mich, wie dieses Feuer ausgebrochen ist. Da ist zwar eine Telefonleitung, aber ich kann kein Stromkabel entdecken, also ist ein Kurzschluß ziemlich unwahrscheinlich.«

»Verzeihung, Sir«, sagte eine Frauenstimme hinter ihnen.

Die zwei Beamten drehten sich herum und erblickten eine alte, ärmlich gekleidete Frau, deren Rücken vom Rheuma gekrümmt war.

»Ich mache mir Sorgen um den gnädigen Herrn«, sagte sie. »Ich habe ihn nicht gesehen, und er kommt sonst immer um acht.«

»Wer sind Sie?« fragte Heskell knapp.

»Pettitt heiße ich, Jane Pettitt. Mein Bob hat für Mr. Gannett gearbeitet. Er war sehr gut zu mir, ich arbeite seit zehn Jahren für ihn; er hat sonst niemand, der sich um ihn kümmert. Sie glauben doch nicht, daß er noch da drinnen ist?«

Die alte Frau schaute Heskell besorgt an, und ihr Gesicht sah im flackernden Schein der Flammen noch faltiger aus.

»Nein. Aber wir werden uns bald drinnen umsehen können, das

Feuer läßt schon nach. Sie wissen wohl nicht, wie es ausgebrochen ist?«

Jane Pettitt schüttelte den Kopf.

»Ich war bei meiner Enkelin«, sagte sie. »Da geh ich jeden Mittwoch hin, und Fred bringt mich zurück. Als wir von Daisy zurückgekommen sind und ich die Flammen gesehen hab', war ich einfach platt. Ich mach mir Sorgen um Mr. Gannett, und keiner will mir hier etwas sagen.«

»Wo wohnen Sie, Mrs. Pettitt?« fragte Joss.

»Gleich da drüben«, sagte sie.

»Dann gehen Sie jetzt nach Hause und machen sich eine schöne Tasse Tee. Wir sagen Ihnen gleich Bescheid, wenn Mr. Gannett kommt.«

Die alte Dame war gerade davongehumpelt, als ein Feuerwehrmann zu den beiden Beamten kam.

»Da drinnen liegt eine Leiche, Inspektor; in der Küche, wo das Feuer wahrscheinlich ausgebrochen ist.«

Joss folgte dem Feuerwehrmann ins Haus. Das Feuer war so gut wie gelöscht; der erste Stock und das Dach waren teilweise eingestürzt, und Joss hatte Schwierigkeiten, in die Küche zu gelangen. Dort hatte das Feuer offensichtlich am schlimmsten gewütet; der Boden war voller verkohlter Trümmer. In der Mitte des Raumes konnte man die Überreste eines schweren Tisches erkennen. Daneben lag eine zusammengekrümmte Gestalt, die so verkohlt war, daß sie nur schwer als Mann zu erkennen war.

Der Brandmeister zeigte auf die Überreste einer Messinglampe, die neben der Leiche und dem Tisch lag.

»Wie ich's mir gedacht habe. Schauen Sie, da liegt Glas herum. Das war bestimmt eine Whiskyflasche, oder ich fresse einen Besen. Er hat bestimmt die Lampe umgestoßen. Strom gibt es im Haus nicht, nur Telefon.«

»Warum haben Sie sich das gedacht?« fragte der Detektiv.

»Sie sind ja fremd hier, aber wir wissen alle, daß Mr. Gannett seine Abende mit einer Flasche hier drinnen verbracht hat. Als ich von dem Feuer gehört habe, habe ich mir gleich gedacht, was wir hier finden würden.«

»Üble Sache«, meinte Heskell, der gerade zu ihnen gestoßen war.

»Lassen Sie die Leiche lieber liegen, bis der Doktor kommt. Daran, daß er tot ist, besteht ja wohl kein Zweifel.«

Nein, daran konnte wirklich kein Zweifel bestehen. Joss hatte versucht, die Leiche auf den Rücken zu drehen, aber sie schien zu einem festen Klotz zusammengeschmolzen zu sein. Er hatte kurz das Gesicht gesehen und sich schnell abgewandt, aber er wußte, daß er den Anblick der verkohlten, gesichtslosen Maske nicht so schnell vergessen würde.

»Heute nacht können wir nicht mehr viel tun«, sagte der Brandmeister.

Kurz darauf erschien Dr. Stopp und sah sich die Leiche an. Dann wurde sie vorsichtig auf eine Bahre gelegt und zum Krankenwagen getragen, der sie in die Leichenhalle bringen sollte. Dr. Stopp versprach, die Leiche gründlich zu untersuchen.

»Ich komme wieder, sobald es hell ist«, sagte Heskell, »jetzt sieht man ja doch nichts. Der alte Knabe würde doch seine Farm nicht absichtlich anzünden und dann drin bleiben. Wahrscheinlich war er stockbetrunken und hat die Lampe umgestoßen. Ich nehme an, er war zu betrunken, um herauszukommen.«

Joss sagte nichts dazu, dachte insgeheim aber auch, daß es interessant sein könnte, sich noch einmal bei Tageslicht umzusehen.

Es war noch nicht acht, als die beiden Beamten am nächsten Morgen auf die Farm zurückkehrten. Das Licht war noch immer nicht besonders, aber da es noch recht früh war, würden wahrscheinlich noch keine Neugierigen da sein.

Viel mehr konnte man jetzt auch nicht sehen, aber es war ganz eindeutig, daß das Feuer dort ausgebrochen war, wo man die Leiche gefunden hatte. In der Küche war das Feuer am schlimmsten gewesen; wahrscheinlich wäre der Schaden dort noch größer ausgefallen, wenn der Fußboden dort nicht aus Stein, sondern aus Holz gewesen wäre, obwohl die Teppiche und Vorleger dort die Flammen auch genährt hatten.

Inspektor Joss fand das, was er sah, sehr interessant; er sagte aber nichts. Der Detektiv stöberte zwischen den Trümmern herum und entdeckte — das war keine Seltenheit nach einem Feuer — ein Stück, das den Brand fast unbeschadet überstanden hatte. Es war ein großer Küchenschrank voller Flaschen und meist ungespülter Gläser. Joss betrachtete sie interessiert; dann sagte er zu Heskell, er ginge frühstücken und machte sich auf den Weg zum Polizeirevier.

Er telefonierte diskret mit Kneller im Dezernat und traf sich etwa zwanzig Minuten später außerhalb der Stadt mit ihm. Kneller wurde von Gilbert und Morris begleitet, die ihre ›Trickkiste‹ dabei hatten.

»Steigen Sie zu uns in den Wagen, und erzählen Sie mir, was eigentlich los ist«, meinte Kneller mürrisch.

Joss kam der Aufforderung nach, und zehn Minuten später beendete er seinen kurzen Bericht über das Feuer und seine Beobachtungen auf der Farm.

»Der Mann ist also in seinem eigenen Feuer umgekommen. Das ist ja alles sehr traurig, aber warum finden Sie das so merkwürdig? Haben Sie den Verdacht, daß es Selbstmord war? Oder daß es etwas mit dem Colonel zu tun hat?« fragte Kneller und blickte Joss prüfend an, aber der schüttelte den Kopf.

»Ich glaube nicht, daß es Selbstmord war, Sir«, meinte er ruhig, »ich glaube, daß Gannett ermordet worden ist.«

Kneller starrte ihn an.

»Wie kommen Sie auf die Idee?«

»Durch die Tatsache, daß er verbrannt ist. Ich glaube nicht, daß jemand so betrunken sein kann, daß er nicht einmal den Flammen einer umgestürzten Lampe entkommt. Selbst im ungünstigsten Fall kommt das Opfer noch ein paar Meter weit, es bricht nicht über der Lampe zusammen. Aber da ist noch etwas. Die Leiche weist furchtbare Verbrennungen auf, das Gesicht ist bis zur Unkenntlichkeit verbrannt. Um die Leiche herum lag ein Haufen verkohltes Holz und anderes Zeug; das Ganze sieht aus wie ein richtiger Scheiterhaufen. Ich bin fast sicher, daß jemand das Zeug absichtlich um die Leiche geschichtet und dann angezündet hat.«

»Das klingt ja reichlich melodramatisch; das müssen Sie mir aber erst beweisen.«

Kneller war nicht gerade begeistert gewesen, als Joss ihn morgens angerufen hatte, weil der Fall Cherrington ihn schon zuviel Zeit gekostet hatte. Wenn er nun schon sein ihm heiliges Wochenende in Gefahr brachte, wollte er wenigstens sicher sein, daß niemand seine Zeit verschwendete.

»Was sagt Heskell dazu?« fragte er, »ist er Ihrer Meinung?«

»Ich habe darüber noch nicht mit ihm gesprochen, Sir. Ich wollte nicht, daß es Gerede gibt, bevor ich etwas Genaues weiß.«

»Gerede?« fragte Kneller scharf. »Wollen Sie damit sagen, daß einer meiner Beamten in der Stadt herumtratschen würde?«

Joss errötete.

»Aber nein, Sir, keineswegs. Ich wollte . . . aber wahrscheinlich sage ich jetzt besser nichts mehr. Es tut mir wirklich leid.«

»Haben Sie Chefinspektor Myrtle schon davon erzählt?«

»Nein, dazu habe ich zuwenig Fakten.« Joss wußte, daß er sich jetzt auf dünnes Eis begab und einen zweiten Rüffel riskierte, aber er fuhr verbissen fort:

»Er hat uns hier eine Aufgabe überlassen, solange er in London ist. Ich dachte mir, daß die Landpolizei ihm jetzt mal zeigen könnte, was in ihr steckt.«

Zu seiner Erleichterung erschien auf Knellers Gesicht ein breites Grinsen.

»Da haben Sie vielleicht recht. Sehen wir uns die Sache mal an.«

Der Superintendent sah sich in der Küche und im übrigen Haus gründlich um und kam zu dem Schluß, daß um die Fundstelle der Leiche herum wirklich verdächtig viel brennbares Material lag; auch er hielt es für möglich, daß Benzin verwendet worden war.

»Trotzdem können wir Selbstmord nicht ausschließen, Joss. Wenn er ermordet worden ist, muß man ihn doch niedergeschlagen haben; hat er irgendwelche Verletzungen gehabt?«

»Das konnte man gestern nacht unmöglich feststellen. Dr. Stopp nimmt heute eine Obduktion vor. Ich dachte mir, Sie würden vielleicht mit ihm reden und ihm sagen, wonach er suchen soll. Wir könnten ihn eine Hautprobe aus dem Gesicht nehmen lassen und sie dem örtlichen Chemiker schicken. Möglicherweise läßt sich feststellen, ob Benzin verwendet wurde.«

Kneller nickte.

»Das ist eine gute Idee. Aber wir schicken die Hautprobe besser nach London. Unser Chemiker hier hat keinerlei Erfahrung mit Gerichtsmedizin; dann kann Mr. Myrtle uns gar nichts, falls dieser Fall wirklich mit dem Tod des Colonels zu tun haben sollte, was ich bezweifle. Aber ob da nun eine Verbindung besteht oder nicht, wir müssen uns mit dem Fall ohnehin befassen; wenn Gannett ermordet worden ist, müssen wir den Mörder finden. Was schlagen Sie vor?«

»Ich werde versuchen herauszufinden, mit wem er befreundet war. Vielleicht helfen mir dabei die Fingerabdrücke auf den Gläsern. Es standen übrigens eigenartig viele davon herum, vielleicht sollten wir mal mit der alten Frau sprechen, die sich um ihn gekümmert hat.«

Mrs. Pettitt sah bei Tageslicht noch älter und vergrämter aus, und ihr faltiges Gesicht war vom Schmerz über den Tod ihres Herrn gezeichnet. Sie begrüßte die zwei Beamten schwach und bestand darauf, daß beide eine Tasse Tee annahmen.

Joss erzählte ihr von den ungespülten Gläsern und fragte sie, ob Gannett am Vorabend eine größere Anzahl Besucher gehabt haben könnte. Mrs. Pettitt schüttelte den Kopf.

»Nein. So hat es oft ausgesehen. Es war eine Schande. Aber ich durfte sie nicht anfassen. Wissen Sie, ich glaube, er hat sich geschämt — wegen seiner Trinkerei, meine ich.«

»Aber hat er immer allein getrunken, oder hatte er Besucher?

Und wenn ja, wann haben Sie das letzte Mal welche gesehen oder gehört?«

»Am Dienstag«, sagte Mrs. Pettitt, »vielleicht war's auch Montag. Ich hab' ein Auto gehört, so um sechs oder sieben, aber gesehen hab' ich niemand. Und gestern war ich weg, bei meiner Enkelin. Da geh ich jeden Mittwoch hin.«

»Schade«, meinte Superintendent Kneller.

»Das könnte unter Umständen von Bedeutung sein«, sagte Inspektor Joss.

12   Ein General erinnert sich

Bevor Chefinspektor Myrtle nach London fuhr, um dort seine Ermittlungen durchzuführen, machte er morgens in aller Herrgottsfrühe noch einen Besuch in Monks Holme. Captain Hexman öffnete ihm die Tür in Schlafanzug und Morgenrock.

»Es tut mir wirklich leid, daß ich Sie zu so früher Stunde schon stören muß, Sir«, entschuldigte sich Myrtle, »aber ich fahre heute für ein paar Tage nach London, und vorher muß ich Sie unbedingt noch etwas fragen. Wir haben da gestern etwas entdeckt.«

Myrtle machte eine Pause, um zu sehen, wie diese doch beunruhigende Bemerkung auf den Captain wirkte. Hexman sah nicht gerade erfreut aus, sagte aber nichts.

»Wir haben Spuren entdeckt, die darauf hindeuten, daß vor kurzem jemand von außen in dieses Haus gekommen ist.«

George Hexman runzelte die Stirn.

»Ich kann daran nichts Ungewöhnliches finden. Sie?« fragte er.

»Ich meinte damit, nicht durch einen der normalen Eingänge.«

»Vielleicht durch den Schornstein? Immerhin ist ja Weihnachten, Chefinspektor.«

In Hexmans Augen lag ein Zwinkern, und Myrtle fiel auf, daß er den Captain zum ersten Mal lächeln sah.

»An den Weihnachtsmann habe ich eigentlich weniger gedacht. Ich möchte mich jetzt nicht mit Einzelheiten aufhalten, aber es sieht so aus, als könnte jemand von außerhalb etwas mit dem Tod Ihres Schwiegervaters zu tun haben. Es gibt da ein paar Dinge, die nicht auf einen Selbstmord schließen lassen, und außerdem haben wir nur immer kein Motiv dafür gefunden.«

»Und wie ist es mit dem Motiv für einen Mord — sind Sie da auf etwas gestoßen?« fragte Hexman hastig.

»Das wollte ich Sie gerade fragen, Sir. Hat irgend jemand etwas gegen Ihren Schwiegervater gehabt?«

»Ein paar Leute werden sicher etwas gegen ihn gehabt haben; wissen Sie, er war Friedensrichter, und ein ziemlich strenger obendrein. Möglicherweise hat er sich auch schon früher Feinde gemacht, damals in Indien. Vielleicht hat er einer Göttin ihr Jade-auge geklaut oder so. Aber ganz im Ernst — ich weiß wirklich zu-wenig über die dunkle Vergangenheit des alten Herrn, um dazu et-was sagen zu können.«

»Denken Sie noch mal darüber nach und sprechen Sie auch mit Ihrer Frau darüber. Wenn wir wirklich auf einen Täter von außer-halb stoßen sollten, würde uns das Unannehmlichkeiten ersparen, Sir«, meinte Myrtle.

»Ach so«, sagte Hexman, »so ist das also.«

»Ich hätte da noch eine Frage. Sie haben Superintendent Kneller doch gesagt, Ihr Schwiegervater hätte fünf- oder sechstausend Pfund verspekuliert. Würde es Sie überraschen, wenn er insge-samt zwanzigtausend Pfund verloren hätte?«

Der erstaunte Ausdruck auf Hexmans Gesicht wirkte echt.

»Zwanzigtausend? Das glaube ich einfach nicht! Ich meine . . . Ich kann einfach nicht . . .«

»Ein ganz schönes Sümmchen, nicht? Mir hat es auch zu denken gegeben. Aber jetzt muß ich gehen, sonst verpasse ich noch mei-nen Zug. Sie bleiben doch vorläufig hier, oder?«

»Ja, Chefinspektor«, sagte Hexman ruhig. »Ich stehe zu Ihrer Verfügung. Ich werde Ihnen nicht davonlaufen.«

Myrtle erwischte seinen Zug mit Müh und Not und verbrachte dann fünfeinhalb endlose Stunden damit, sich darüber zu ärgern. Als er endlich in London ankam, ging er gleich zu Phayle und Cor-nish, der Firma, für die George Hexman tätig war. Dort wurde er von Mr. James Eggleman empfangen.

Der Detektiv betonte zunächst, daß er in einer vertraulichen An-gelegenheit käme. Dann erklärte er, daß sich im Zusammenhang mit dem plötzlichen Tod von Captain Hexmans Schwiegervater ei-nige Fragen ergeben hätten. Es bestünde zwar keinerlei Grund zu der Annahme, daß Captain Hexman irgendeines Verbrechens schuldig sei, man müsse aber trotzdem einige Erkundigungen über ihn einziehen.

James Eggleman zeigte sich sehr verständnisvoll und in keiner Weise erstaunt. Er erklärte, daß die geschäftlichen Beziehungen der Firma zu Hexman sporadischer Natur seien und daß man über ihn nicht viel wüßte. Soweit er — Eggleman — das beurteilen könne, sei Hexman ein grundehrlicher Mensch. Das ganze Gespräch dauerte zehn Minuten, und am Ende wußte Myrtle nicht mehr als zuvor.

Als nächstes begab er sich nach Mayfair in das Hotel ›Dacre‹. Der Geschäftsführer war nicht gerade erfreut, als Myrtle ihm seinen Dienstausweis zeigte, erklärte sich aber dann dazu bereit, ihm im Rahmen seiner Möglichkeiten behilflich zu sein. Myrtle fragte ihn zunächst, ob er ihm sagen könne, wie es um die Finanzen des Captains bestellt sei, woraufhin der Geschäftsführer erklärte, daß Hexman seine Rechnungen immer bezahlt habe, wenn auch gelegentlich mit Verspätung. Zu Myrtles nächster Frage nach dem Lebenswandel und dem Umgang des Captains jedoch konnte er gar nichts sagen. Myrtle verabschiedete sich deshalb und machte sich auf den Weg zum ›Boot and Saddle‹, dem Club des Captains. Er sah diesem Besuch mit gemischten Gefühlen entgegen; er kannte die Militärclubs noch vom Krieg her, und er konnte sich nicht vorstellen, daß man einem Detektiv dort einen besonders herzlichen Empfang bereiten würde.

Der Sekretär des Clubs, Major Helder, war zwar sehr höflich, erklärte Myrtle aber gleich, daß er seine Fragen nicht beantworten könne, da die persönlichen Angelegenheiten der Mitglieder streng vertraulich gehandhabt würden. Dann begleitete er ihn zum Ausgang, wahrscheinlich, um sicher zu sein, daß dieser — Detektiv nicht am Ende noch versuchte, andere Angestellte auszuquetschen.

Als sie auf dem Weg zur Tür die große Halle durchquerten, wurde plötzlich die Eingangstür energisch aufgestoßen, und ein großer grauhaariger Mann mit lebhaften Augen trat ein. Sein Blick fiel gleich auf Myrtle, und er blieb stehen.

»Myrtle!« rief er und streckte seine Hand aus. »Mein Lieber, das freut mich aber, daß ich Sie treffe! Helder, das hier ist mein alter Stabsoffizier; 1917 war das, nicht? Ich wußte gar nicht . . . sind Sie noch in der Armee? Aber nein, jetzt erinnere ich mich . . . Was führt Sie denn hierher? Sie wollen doch nicht am Ende den armen Helder einbuchten?«

Der General redete unaufhörlich weiter, bis sich Major Helder schließlich in sein Büro zurückzog, sichtlich verärgert darüber, daß der — Detektiv ausgerechnet das redseligste Clubmitglied kannte.

Inzwischen nahm Myrtle dankend die Einladung des Generals zu einem Whisky an. Kurze Zeit später stellte er fest, daß der General auf dem besten Wege war, ihm den genauen Grund seines Besuches im ›Boot and Saddle‹ zu entlocken. Er stand daher schnell auf und meinte, er müsse jetzt leider gehen. Aber General Jallworth ließ sich nicht so leicht abschütteln.

»Wie wäre es jetzt mit einem Happen zu essen?« fragte er. »Nicht hier, wo einem jeder zuhört und alle flüstern. Ich bin einigermaßen taub, und flüstern ist bei mir sinnlos. Gehen wir doch ins ›Teddy‹, bei dem Lärm dort kann man sich Geheimnisse zuschreien, ohne daß es einer hört.«

Myrtle kam der Gedanke, daß der General, der offensichtlich Gott und die Welt kannte, ihm vielleicht die Informationen geben konnte, die er bis jetzt vergeblich zu erhalten versucht hatte. Er willigte deshalb ein, und als sie in dem Lokal ihre Bestellung aufgegeben hatten, kam er auf den Kern seiner Nachforschungen zurück.

»Hexman? George Hexman? So um die dreißig? Mein Gott, das müßte Lettys Junge sein. Ich habe ihn seit Jahren nicht gesehen, aber ich habe seine Eltern gekannt. Der alte Bats Hexman ist in Simla gestorben ... wann war das doch gleich? So um 1908 oder 1909. Jedenfalls kurz vor dem Krieg. Letty — seine Mutter — haben wir alle geliebt, aber was den Jungen anlangte, stellte sie sich nicht besonders geschickt an, daran erinnere ich mich noch. Bats hat ihr nicht viel hinterlassen; sie selbst hatte zwar auch etwas Geld, aber nicht viel. Letty hatte es sich in den Kopf gesetzt, daß ihr Sohn sich dem gleichen Regiment anschließen sollte wie sein Vater, dem vierzigsten. Da hat sie ihn dann auch hingesteckt, obwohl er nicht genug Geld dafür hatte. Das war der größte Fehler, den sie hatte machen können; es war ihrem Sohn gegenüber unfair, und auch dem Regiment gegenüber.«

Myrtle wurde klar, daß er jetzt zur Abwechslung einmal Glück hatte, und er dankte seinem Schöpfer dafür, daß er den alten General mit einem so bemerkenswerten Gedächtnis gesegnet hatte.

»Der Junge war ziemlich beliebt, soviel ich weiß — ich bin ihm nach seinem Eintritt in die Armee nie begegnet — seine Kameraden mochten ihn, wenigstens solange, wie ihnen seine Geldknappheit noch nicht auf die Nerven ging. Ich glaube, die älteren Offiziere wußten nicht so recht, was sie von ihm halten sollten, und waren froh, als er dann seinen Abschied nahm. Er hat eine reiche Frau geheiratet und dann den Dienst quittiert, dieser junge Narr. Warten Sie, wie hieß sie doch gleich . . .?«

Der General schnippte mit den Fingern, während er sein ausgezeichnetes Gedächtnis auf der Suche nach dem richtigen Namen strapazierte.

»Er hat eine Miß Cherrington geheiratet, Sir«, meinte Myrtle schließlich ruhig.

»Richtig, so hieß sie! Bob Cherringtons Tochter. Mein Gott, was einem bei dem Namen alles wieder einfällt! Er war bei der Indian Cavalry; ein knüppelharter Bursche und ein verdammt guter Soldat war er. Der hätte bis ganz oben kommen können, ihn hätte niemand aufhalten können — dachten wir damals jedenfalls. Doch dann hat ihm jemand einen Strich durch die Rechnung gemacht — eine Frau natürlich. Aber das ist eine ganz alte Geschichte; ich glaube, es ist besser, wenn ich diese Tragödie hier nicht noch einmal aufrolle.«

General Jallworth schüttelte betrübt den Kopf und schwieg. Aber Myrtle hatte nicht die Absicht, diese wertvolle Quelle jetzt einfach versiegen zu lassen.

»Ich habe gehört, daß ihm seine Frau davongelaufen ist«, sagte er, »wissen Sie zufällig, mit wem?«

Jallworth starrte ihn entgeistert an.

»Woher, zum Teufel, wissen Sie das? Warum? Sie wollen doch wohl nicht sagen . . .? Ich habe gelesen, daß der arme Kerl sich erschossen hat; Sie ermitteln wohl in der Sache. Deswegen haben Sie mich also nach dem jungen Hexman gefragt. Ich hatte völlig vergessen, daß die beiden miteinander verwandt sind. Mein Gedächtnis ist nicht mehr das, was es einmal war. Sie glauben doch nicht, daß an der Sache etwas faul ist? Warum hat er sich denn erschossen? Und was hat der junge George damit zu tun?«

»Genau das versuche ich herauszufinden«, meinte Myrtle.

»Du lieber Himmel! Sie glauben doch nicht . . .? Das ist ganz ausgeschlossen, Mann. Ein Offizier der Kavallerie! Das kann ich nicht glauben, nie und nimmer.«

Myrtle konnte dem alten Herrn ansehen, wie schockiert er war, und versuchte deshalb schnell, ihn zu beruhigen.

»Ich will ja nicht behaupten, daß Hexman etwas mit der Sache zu tun hat«, sagte er, »aber der Selbstmord ist uns nicht eindeutig genug. Wir sind sogar ziemlich sicher, daß es kein Selbstmord war. Und selbst wenn es wirklich Selbstmord gewesen ist, müssen wir den Grund dafür finden, und da könnten Sie mir vielleicht weiterhelfen, General. Und falls er ermordet worden sein sollte . . . nun, Sie wollen doch sicher nicht, daß sein Mörder ungeschoren davonkommt?«

»Nein«, murmelte der General, »aber dieser Junge. Sicher haben Sie Ihre Gründe für Ihren Verdacht, sonst hätten Sie nicht die Stirn gehabt, ausgerechnet im Club Ihre Nachforschungen anzustellen. Das war eigentlich ein ziemlich starkes Stück, Myrtle, obwohl Sie wahrscheinlich nur Ihre Pflicht getan haben. Ich verstehe aber trotzdem nicht, inwiefern Bob Cherringtons Ehetragödie mit der ganzen Sache zusammenhängen soll; das ist doch passiert, als George Hexman noch gar nicht auf der Welt war. Na ja, auf der Welt vielleicht schon, aber er war noch ein Kind.«

Myrtle fand es bewundernswert, wie schnell der Verstand des alten Generals arbeitete.

»Nein, ich glaube nicht, daß diese alte Geschichte etwas mit George Hexman zu tun hat«, sagte er, »aber sie könnte etwas mit dem Tod des Colonels zu tun gehabt haben. Halten Sie es für möglich, daß jemand jahrelang einen Groll gegen ihn gehegt hat? Sie haben mir erzählt, daß er ein harter Mann gewesen ist, und ich habe das auch von anderen gehört. Können Sie mir vielleicht sagen, mit wem Mrs. Cherrington davongelaufen ist?«

General Jallworth zögerte.

»Nur äußerst ungern«, sagte er. »Es war ein gewisser Jack Trellis; er ist dann ein paar Jahre darauf im Irak umgekommen. Aber Norah Cherrington ist eigentlich nicht mit ihm durchgebrannt, sie ist vielmehr ihrem Mann davongelaufen. Er war nämlich nicht nur ein harter Mann, sondern auch ein Tyrann, und noch dazu eifersüchtig. Die meisten Männer haben deshalb erst gar nicht versucht, sich an sie heranzumachen, aber Jack Trellis war da anders. Ich glaube nicht, daß es ihm mit ihr ernst war, aber Cherrington hat seiner Frau deswegen das Leben zur Hölle gemacht. Irgendwann hat sie es dann nicht mehr ausgehalten und Jack dazu überredet, mit ihr fortzugehen.«

»Hat sie ihn geheiratet?«

»Nein, Cherrington hat die Scheidung verweigert; er war ein religiöser Spinner, glaube ich, fromm wie ein Pfarrer, aber ungefähr so christlich wie der Teufel selbst. Ich weiß nicht, was aus ihr geworden ist, aber er war ein gebrochener Mann. Er war stolz und konnte es nicht ertragen, wenn über ihn geredet wurde. Er hat dann als Colonel den Dienst quittiert, obwohl er es bis zum General hätte bringen können. Kein Wunder, daß er die Frauen von da an gehaßt hat.«

13   Gerede

Wieder einmal war Great Norne in einen Mantel von feuchter, diesiger Seeluft gehüllt, und ohne Licht konnte man nicht die Hand vor den Augen sehen. Aber die Einheimischen kannten ohnehin jeden Pflasterstein und hätten zur Not auch mit verbundenen Augen den richtigen Weg gefunden, ohne dabei Gefahr zu laufen, ins

Hafenbecken zu fallen. Deshalb fanden es einige auch noch immer seltsam, daß das ausgerechnet dem Pfarrer passiert war, der ja immerhin ein Vierteljahrhundert lang in Great Norne gelebt hatte.

Trotz des Wetters dachte aber niemand daran, zu Hause zu bleiben, und auch Emily Vinton machte sich am Freitag nach Weihnachten tapfer auf den Weg, um ihre Einkäufe zu erledigen. Ihr war gar nicht froh zumute; sie kam einfach nicht über den Tod ihres geliebten Pfarrers hinweg. Und dann noch der schreckliche Tod von Colonel Cherrington! Niemand hatte Miß Vinton gegenüber von Mord gesprochen, aber für sie war Selbstmord schon schockierend genug. Sie konnte einfach nicht glauben, daß ein wahrer Christ sich das Leben nehmen würde, und war sicher, daß es sich um einen Unfall gehandelt haben mußte. Miß Vinton hatte den Colonel zwar nicht besonders leiden können — ja, sie hatte ihn sogar gefürchtet —, aber sie hatte großen Respekt vor ihm gehabt. Jetzt hatte sich auch noch dieses furchtbare Unglück mit Mr. Gannett ereignet; er war so ein anständiger Mensch gewesen, jedenfalls vor seiner Kriegsverletzung. Der Gedanke an all das war ihr einfach unerträglich, und sie beschloß, sich nicht länger damit zu belasten. Sie würde jetzt ihre Besorgungen machen und dann nach Hause gehen und sich gemütlich vor dem Kamin mit Beatrice unterhalten. Beatrice schien viel härter zu sein als sie; der Tod des Pfarrers hatte sie zwar auch tief getroffen, das Ableben Colonel Cherringtons jedoch hatte sie völlig kalt gelassen. »Ich habe den Mann nie leiden können«, hatte sie auf ihr Wachstäfelchen geschrieben, »der hielt sich doch für Moses und den heiligen Paulus in einem.«

Im Lebensmittelgeschäft traf Emily Vinton Mrs. Faundyce. Die Frau des Doktors war so etwas wie sein jüngeres Gegenstück. Sie hatte ein rosiges Gesicht, war immer fröhlich und steckte voller Unternehmungsgeist. Sie organisierte in Great Norne sämtliche Vergnügungen, leitete den Frauenverein, besuchte die Patienten ihres Mannes und brachte ihnen kleine Leckereien, Bücher und tröstenden Zuspruch.

»Ich muß die Leute doch irgendwie für die scheußliche Medizin entschädigen, die Jim ihnen verschreibt«, pflegte sie immer zu sagen, »sonst würden uns doch die Patienten davonlaufen, und was würde dann aus uns werden?«

Aber jeder wußte, daß Mrs. Faundyce all das aus reiner Menschenfreundlichkeit tat.

»Schön, Sie zu sehen, Emily«, rief sie aus. »Daß Sie sich an einem so scheußlichen Tag herauswagen! Aber Sie stammen ja aus einer tapferen Familie. Ich hoffe, Miß Beatrice geht es gut.«

»Ja, sie hält sich einfach bewundernswert; ich fürchte, ich bin nicht so widerstandsfähig. All die entsetzlichen Dinge, die in letzter Zeit passiert sind, haben mich einfach schrecklich aufgeregt, und das Ganze scheint überhaupt kein Ende zu nehmen.«

»Ja, es ist wirklich schrecklich«, meinte Mary Faundyce, »aber es hat keinen Sinn, sich deswegen aufzuregen. Bis vor kurzem konnten wir uns hier in Great Norne ja wirklich nicht beklagen, es ist ja kaum etwas passiert. Deswegen trifft es uns jetzt wahrscheinlich um so härter. Aber Sie sollten es nicht zu schwer nehmen. Wollen Sie nicht auf eine Tasse Kaffee mit zu mir kommen?«

»Das ist sehr nett von Ihnen, aber Beatrice wartet sicher schon auf mich.«

»Aber Emily, zehn Minuten werden Sie doch sicher Zeit haben; Ihre Minnie kümmert sich doch um Beatrice.«

Kurze Zeit später hatte Mrs. Faundyce die nervöse alte Dame überredet, und sie saßen in ihrem gemütlichen Haus bei einer Tasse heißen Kaffees.

»Was wir brauchen, ist ein bißchen Aufmunterung«, sagte Mrs. Faundyce. »Das Weihnachtsfest war ja wohl jedem verdorben, und seitdem ist jeder in Trübsinn versunken. Wie wäre es, wenn ich mal wieder einen Bridgeabend veranstalten würde? Mit Ihnen und Catherine Beynard — der Friedensrichter wird wohl nicht kommen — den Willisons, Mr. Carnaby, Julia Furze, den Hexmans, Jim und mir, das wären dann zehn.«

»Glauben Sie, daß die Hexmans kommen würden?« fragte Miß Vinton. »So kurz, nachdem . . .«

Bei dem Vorschlag war sie sichtlich erfreut gewesen. Sie liebte Bridge, obwohl sie unter ihren Mitspielern als Partner gefürchtet war.

»Aber natürlich, das ist genau das richtige für sie. Winifred hat hier so wenig Unterhaltung; ich weiß nicht, ob George Hexman kommen würde, ich glaube, er spielt nicht gern mit Frauen.«

Emily Vinton warf verächtlich den Kopf zurück.

»Und ich spiele nicht gern mit einem Mann, der nach Whisky riecht«, meinte sie bissig.

Aber das Pläneschmieden für den großen Abend vertrieb ihre schlechte Laune schnell; sie merkte kaum, wie aus den zehn Minuten mehr als dreißig wurden, bevor sie sich endlich losreißen konnte und fröhlich durch den sich langsam lichtenden Nebel nach Hause trottete.

Nicht nur Emily Vinton machte sich Sorgen über die ganze Serie von Unglücksfällen, die über Great Norne hereingebrochen war.

In vielen Häusern, Geschäften und Kneipen redeten die Leute darüber, obwohl es sie gefühlsmäßig nicht so tief berührte. Der Pfarrer und Colonel Cherrington waren zu reserviert und streng gewesen, um beliebt zu sein, und den armen Bert Gannett hatte man seit Jahren nur noch belächelt. Aber so ein unerwarteter Tod war etwas Schreckliches, und mit Feuer verband man besonders grausame Vorstellungen. Der arme Mann mußte entsetzlich gelitten haben; es war schwer zu verstehen, wie so etwas hatte passieren können.

Sergeant Plett hatte seinen Arbeitsplatz vom ›Silver Herring‹ in die Bar des ›Royal George‹ verlegt, um dort Informationen zu sammeln. Plett fühlte sich in seiner Haut langsam unwohl; schließlich konnte er sich nicht ewig als Handwerker ausgeben, der auf ein gutes Angebot wartete, denn Zeit war Geld — und das galt auch für Hotelrechnungen. Er war sogar schon so weit gegangen, über das Mieten von eventuellen Geschäftsräumen zu verhandeln. Über dieses Thema sprach er bei einem vormittäglichen Glas Bier gerade mit Mr. Winch, als die Tür aufging und ein gutaussehender junger Mann in Reithosen und Rock hereinkam.

»Hallo, Dad«, rief er fröhlich, »ich wollte mal die neuesten Nachrichten hören.«

»Morgen, Gerry«, sagte der Wirt, »hab' ich mir doch gleich gedacht, daß du nicht nur kommst, um deinen alten Vater zu besuchen. Das hier ist mein Sohn, Mr. Plett, der verirrt sich nicht oft nach Great Norne. Mr. Plett hat vor, sich hier vielleicht als Elektriker niederzulassen, Gerry.«

»Hier könnten Sie bis ans Ende Ihrer Tage elektrische Leitungen verlegen, Mr. Plett; wo man nicht mehr Paraffin benutzt, gibt es nur Gaslicht. Aber wie war das jetzt mit dem alten Gannett?«

»Mit dem ist's vorbei«, sagte Simon Winch, »der arme Kerl ist verbrannt.«

»Das habe ich gehört. Aber ich verstehe das nicht; wie kann einem erwachsenen Menschen so etwas passieren?«

»Er soll die Lampe umgestoßen haben. Der Arme war zu betrunken, um sich zu retten.«

Der junge Mann schüttelte den Kopf.

»Unmöglich«, sagte er, »der Schmerz hätte ihn sofort nüchtern werden lassen. Ist es sicher, daß keiner ihm eins übergezogen hat?«

Inzwischen hatten sich mehr Leute in der Bar eingefunden, darunter auch Gannetts früherer Freund Fred Pollitt, und sie alle starrten den jungen Mann jetzt an. Plett hoffte, daß die Unterhaltung jetzt vielleicht interessant werden könnte, aber Gerry Winchs Andeutung wurde nicht ernst genommen.

»Eins übergezogen? Bert Gannett? Wer sollte denn so etwas tun?«

»Ich weiß nicht«, antwortete Gerry. »Ich hab' ihn ja kaum gekannt. Aber vielleicht hat jemand was gegen ihn gehabt.«

»Gegen den armen, alten Bert?« meinte Pollitt entrüstet. »Der hatte doch keine Feinde!«

»Und ob er das hatte«, sagte der Wirt.

Seine Gäste fuhren erstaunt zu ihm herum.

»Wen meinst du damit?«

»Ihn selbst. Sonst hatte er nämlich mit Sicherheit keinen.«

Dr. Fred Stopp kam an diesem Nachmittag spät von seinen Patientenbesuchen zurück. Als er eilig seinen Wagen in die Garage hinter seiner Praxis stellte, holte er sich an der Garagentür eine Schramme an der Hand. Er fluchte und sah sie sich bei Licht genauer an; für einen Arzt war eine solche Verletzung wegen der großen Infektionsgefahr durch Patienten keine Lappalie.

Er hatte schon den ganzen Tag lang schlechte Laune gehabt. Die Autopsie Gannetts hatte wegen polizeilicher Auflagen wesentlich länger gedauert als geplant. Durch den Nebel war es dann zu weiteren Verzögerungen gekommen; obwohl er sich auf die nötigsten Krankenbesuche beschränkte, war sein Zeitplan unmöglich einzuhalten. Er haßte es, unpünktlich zu sein, auch wenn es unfreiwillig geschah.

Aber Dr. Stopp war klar, daß ein Arzt nicht mißgestimmt wirken durfte, und deshalb lächelte er, als er die Praxis betrat und sich bei den wartenden Patienten entschuldigte. Glücklicherweise waren es nicht viele, und Stopp atmete erleichtert auf. Um halb acht begleitete er schließlich den letzten Patienten — es war Josiah Chell, der sich das Handgelenk verstaucht hatte — zur Tür.

»Das ist wirklich Pech, jetzt, wo das Geschäft gerade so gut geht«, meinte der junge Arzt grinsend. »Sie werden sich einen Partner suchen müssen, denn wenn Sie mit der Hand etwas heben, werden Sie sie einen ganzen Monat lang nicht gebrauchen können.«

»Ja, die Ernte ist reif, und man muß Gehilfen finden«, sagte Josiah Chell, woraufhin Stopp sich fragte, ob Chell nicht einen Psychiater eher brauchte als einen praktischen Arzt.

Dr. Stopp lebte in dem Haus, in dem Dr. Faundyce und er ihre gemeinsame Praxis hatten. Es war ein altes Haus, aber es war groß und gemütlich. Im ersten Stock waren ein Schlafzimmer und ein

Wohnzimmer, während sich das Eßzimmer im Erdgeschoß befand und gleichzeitig als Wartezimmer für die Privatpatienten diente, die meistens zu seinem älteren Partner kamen.

Stopp wusch sich die Hände, zündete sich eine Zigarette an und ging hinauf. Er öffnete die Tür zum Wohnzimmer und wollte gerade zu dem Eckschränkchen gehen, in dem er seine Getränke stehen hatte, als er plötzlich wie angenagelt stehenblieb.

In dem Sessel neben dem Kamin saß George Hexman.

»Tut mir leid, daß ich hier so hereingeplatzt bin, Fred«, sagte er. »Ich habe Ihrem Mädchen gesagt, daß Sie sie während der Sprechstunde nicht stören sollte, und anscheinend hatte sie das Gefühl, man könne mir trauen. So, wie Sie schauen, fürchte ich allerdings, daß Sie das Gefühl nicht teilen.«

»Entschuldigen Sie, George«, meinte Stopp lachend. »Sie haben mich einfach erschreckt. Ich freu mich, daß Sie hier sind.«

»Ich hatte Glück, daß ich mal rausdurfte«, sagte Hexman düster. »Schauen Sie mal aus dem Fenster — ich wette, daß da unter der Laterne ein Polizist in Zivil steht.«

»Wovon reden Sie eigentlich? Übrigens könnte ich bei dem Nebel sowieso nichts sehen. Sie kommen gerade zur rechten Zeit, um mit mir ein Gläschen zu trinken.«

»Ich bin nicht gekommen, um einen Drink zu schnorren. Ich bin gekommen, weil ich einfach mit jemandem reden muß — mit jemandem, der mich nicht für einen Mörder hält. Aber vielleicht tun Sie das ja auch.«

»Ich habe keine Ahnung, wovon Sie reden.«

»Ich sage Ihnen, Fred, lange halte ich das nicht mehr aus. Es zerrt an meinen Nerven. Natürlich war es für mich ein Schock, als die Polizei andeutete, daß es kein Selbstmord gewesen wäre, aber ihre Gründe leuchteten mir ein. Zuerst habe ich das alles nicht so besonders ernstgenommen, aber allmählich wird die Sache verdammt ernst. Ich kann von Glück sagen, wenn ich in der nächsten Zeit keine Handschellen umgelegt bekomme.«

George Hexman saß aufrecht und mit starrem Blick in seinem Sessel. In seiner Stimme lag ein hysterischer Ton, den sein Freund bei ihm noch nie erlebt hatte.

»Jetzt spülen Sie das erst mal runter«, sagte er energisch, »das verordne ich Ihnen als Arzt.«

Hexman schüttelte den Kopf und schob das Glas beiseite, aber als der Arzt hartnäckig blieb, trank er den Whisky schließlich in einem Zug aus. Augenblicklich wirkte er entspannter, und der Blick in seinen Augen wirkte normaler. »Das ist mit Sicherheit das Beste, was Sie je verschrieben haben«, sagte er.

»Eigentlich ist es die einzig wirksame Medizin«, meinte Dr. Stopp. »Aber was haben Sie auf dem Herzen?«

»Die Polizei glaubt, ich hätte den alten Cherrington erschossen.«

»Blödsinn. Es muß doch in jede Richtung ermittelt werden, und natürlich sind Sie der Hauptverdächtige, denn Sie waren nicht nur am Tatort, sondern Sie sind auch im Testament erwähnt, beziehungsweise Ihre Frau. Das sind alles reine Routinefragen, kein Grund zur Beunruhigung.«

»Das habe ich zuerst auch gedacht«, sagte Hexman, »bis heute morgen dieser Mensch von Scotland Yard meinte, ich solle nicht verreisen. Dann ist er nach London gefahren, und jemand aus dem Büro hat mir gesagt, daß er dort herumgeschnüffelt hat. Das würde er doch nicht tun, wenn an der ganzen Sache nichts dran wäre. Fred, wissen Sie eigentlich, daß mein alt so tugendhafter Schwiegervater in den letzten zwei Jahren zwanzigtausend Pfund verspekuliert hat? Jetzt glaubt die Polizei, ich hätte seinen Fehlspekulationen ein Ende bereiten wollen. Als der Beamte mit mir geredet hat, ist mir gleich klargeworden, daß die Sache ernst ist. Außerdem bin ich fast sicher, daß mir heute abend jemand gefolgt ist. Offenbar glauben sie, ich würde versuchen abzuhauen.«

»Ehrlich gesagt, George, ich kann das Ganze nicht so ernst nehmen wie Sie. Angenommen, sie glauben nicht, daß der alte Herr sich erschossen hat, dann müssen sie Sie einfach genau überprüfen. Wenn Sie ihn aber nicht erschossen haben — und ich nehme das an — warum sollten Sie sich dann Sorgen machen? Sie können Ihnen doch nicht etwas nachweisen, das Sie gar nicht getan haben. Macht sich Ihre Frau auch Sorgen?«

Hexman rutschte unruhig in seinem Sessel herum.

»Das war es eigentlich, weswegen ich zu Ihnen gekommen bin«, sagte er. »Ich hätte Sie nicht belästigt, wenn ich mit ihr darüber hätte sprechen können, aber — ich kann einfach nicht. Ich glaube — manchmal glaube ich, sie hält mich auch für den Mörder! Das ist es, was mich so fertigmacht, Fred. Es kommt mir so vor, als wolle sie mit mir nicht darüber reden. Ich werde einfach nicht aus ihr schlau, schon seit langem nicht mehr.«

Wieder schlich sich in Hexmans Stimme ein hysterischer Klang. Er machte einen tiefen Zug an seiner Zigarette.

»Ich sollte so etwas eigentlich nicht von ihr sagen«, sagte er, »aber es erleichtert mich ungemein, und ich weiß, daß Sie es für sich behalten werden. Sie war in letzter Zeit anders, seit dem Herbst etwa. Manchmal frage ich mich, ob sie sich nichts mehr aus mir macht, ob da nicht vielleicht jemand anders ist.«

Stopp nahm einen Schluck aus seinem Glas.

»Denken Sie da an jemand Bestimmten?« fragte er ruhig.

Hexman zögerte.

»Nein. Wer käme da schon in Frage?«

»Sehr richtig. George, Ihre Frau langweilt sich schlicht und einfach. Wie ich Ihnen schon neulich gesagt habe, ich kann einfach nicht verstehen, daß Sie hier in diesem Nest bleiben. Natürlich läßt Ihre Frau ihre Langeweile an Ihnen aus, wie das jede andere Frau auch tun würde. Und Sie machen sich wegen der Verhöre und Nachforschungen der Polizei soviel Gedanken, daß Sie ihr Verhalten gleich eifersüchtig macht. Was Sie beide dringend brauchen, ist Abwechslung, dann werden Sie all das schnell vergessen haben.«

Zum ersten Mal lächelte George Hexman jetzt.

»Verordnen Sie das auch als Arzt? Jedenfalls klingt das, was Sie da sagen, sehr vernünftig. Hier ist es für Win wirklich ziemlich langweilig. In den letzten zwei Jahren ist es uns auch finanziell gar nicht gutgegangen. Aber das sollte jetzt eigentlich anders werden, das heißt, wenn diese scheußliche Sache endlich geklärt ist. Wie dem auch sei, Sie und Ihr Whisky haben mir auf jeden Fall geholfen. Aber jetzt will ich Sie nicht länger von Ihrem Abendessen abhalten.«

Stopp lachte.

»Das setze ich Ihnen alles auf die Rechnung«, sagte er, während er ihn hinunter zur Tür begleitete.

»Verdammt dicht, der Nebel. Aber Sie sind ja nicht allein.«

Dr. Stopp sah seinem Freund nach, als er im Nebel verschwand. Er lächelte, als er die Tür schloß.

»In Great Norne ist einfach nichts los«, meinte er leise zu sich selbst.

14 Lagebesprechung

Nach seinem ausgezeichneten Abendessen mit General Jallworth ging Chefinspektor Myrtle optimistisch gestimmt zu Bett; er hatte das Gefühl, eine Menge nützlicher Informationen gesammelt zu haben. Im kalten, klaren Licht des nächsten Morgens allerdings sah er die Sache anders. Was Hexman anlangte, so hatte er ja eigentlich nur erfahren, daß der junge Mann bei seinen Altersgenossen beliebt gewesen war, daß seine Vorgesetzten ihm nicht hundertprozentig vertrauten, und daß er an chronischem Geldmangel gelitten hatte, bis er Winifred Cherrington geheiratet hatte. Das, was der General ihm sonst noch erzählt hatte, erschien ihm jetzt fast irrelevant. Das Durchbrennen einer Ehefrau vor fünfundzwanzig Jahren konnte unmöglich etwas mit den Vorfällen zu tun haben, die sich eine Woche zuvor in Great Norne ereignet hatten. Wenn der dritte im Bunde noch am Leben wäre, hätte es vielleicht Sinn gehabt, der Geschichte nachzugehen, aber General Jallworth war sicher gewesen, daß Jack Trellis tot war.

Myrtle hielt es für wichtig, sich darüber Gewißheit zu verschaffen, und da er ohnehin noch ein paar Kleinigkeiten klären mußte, rief er Superintendent Kneller an und verabredete sich für den Nachmittag mit ihm in Snottisham.

Myrtles erster Besuch an diesem Tag galt Somerset House, wo er sich die Bestätigung dafür holte, daß Captain John Trellis, Regimentsmitglied der Indian Cavalry, am 24. Dezember 1915 in Kut-el-Amara gefallen war.

Dann befaßte Myrtle sich mit Mrs. Robert Cherrington, aber die Unterlagen des Personenregisters gingen nur bis zum Jahr 1908, dem Jahr ihrer Heirat mit Colonel Cherrington. Allerdings fehlte auch die Angabe eines Todestages; man konnte also davon ausgehen, daß sie noch lebte.

Blieben noch zwei Punkte, die Myrtle klären wollte, solange er in London war. Der eine betraf die Papierschnipsel, die Joss im Arbeitszimmer des Colonels aus dem Kamin gefischt hatte. Myrtle wollte wissen, ob man eventuell an Hand des Papiers oder der Tinte den Schreiber des Briefes ermitteln konnte, den er für den Mörder hielt.

Inspektor Bodley war Myrtle bei seinen Fällen schon oft behilflich gewesen, und Myrtle wußte, daß, wenn mit diesen gelblichen Schnipseln überhaupt etwas anzufangen war, Bodley der Mann dafür war; Bodley aber machte ihm wenig Hoffnung. Bei dem Briefpapier handelte es sich um eine billige Sorte ohne Wasserzeichen; die Tinte mußte erst chemisch untersucht werden, und das dauerte drei Tage.

Vor seiner Abreise aus London begab sich Myrtle noch zu Dr. Masterley, dem Arzt des Colonels. Obwohl er mittlerweile einen Selbstmord so gut wie ausschloß, wollte er doch sichergehen, daß der Colonel keine schwere Krankheit gehabt hatte, die ihn zu einem solchen Schritt hätte veranlassen können. Der Arzt schilderte ihm den Colonel als einen für sein Alter bemerkenswert gesunden Mann, der eigentlich keinen Grund zum Selbstmord hatte. Allerdings hatte er ihn nur als Patienten gekannt und war weder seiner Tochter noch seinem Schwiegersohn je begegnet. Diese Auskunft war zwar negativ, aber sie war definitiv und daher nützlich. Myrtle dankte Dr. Masterley und machte sich auf den Weg zum Bahnhof.

Am Bahnhof von Snottisham wartete ein Polizeiauto auf ihn, das ihn aufs Revier brachte, wo er zu seiner Überraschung Superintendent Kneller noch in seinem Büro antraf.

»Freut mich, daß Sie wieder da sind, Myrtle«, begrüßte Kneller ihn fröhlich. »Sie kommen gerade rechtzeitig zum Abendessen. Über das Geschäftliche können wir ja dann später reden — es sei denn, Sie wollen schon jemand verhaften und haben keine Zeit zum Essen.«

Myrtle schüttelte den Kopf.

»So weit bin ich leider nicht gekommen«, meinte er düster. »Hunger habe ich allerdings.«

»Na, dann kommen Sie. Ich habe Mrs. Kneller schon gesagt, daß Sie wahrscheinlich am Verhungern sein würden. Übrigens will der Chef Sie nach dem Abendessen noch sprechen.«

Der Mann von Scotland Yard runzelte die Stirn. So etwas war er von der Landpolizei nicht gewohnt.

»Hier hat sich nämlich etwas getan. Aber warten wir damit lieber, bis der Major kommt; Ihre Reaktion darauf wird ihn interessieren.«

Mrs. Kneller übertraf sich an diesem Abend selbst mit ihrer Kochkunst, und Myrtle fühlte sich wie eine gestopfte Gans, als der Superintendent und er schließlich zurück ins Revier gingen. Major Statford war schon in seinem Büro und ließ sie gleich zu sich rufen.

»Guten Abend, Chefinspektor«, sagte er, »tut mir leid, daß ich Sie nach Ihrer langen Reise noch so lange aufhalte. Aber wir haben in Great Norne schon wieder einen Todesfall gehabt, und ich wollte mit Ihnen darüber sprechen. Doch jetzt erzählen Sie mir erst mal, wie es Ihnen ergangen ist.«

»Ich fürchte, ich war nicht sehr erfolgreich, Sir. Alles, was ich erfahren habe ist, daß Captain Hexman bis zu seiner Heirat immer knapp an Geld war und wahrscheinlich auch jetzt nicht besonders viel hat, wenn er auch nicht in echten Geldschwierigkeiten ist. Ich habe auch einiges über die Zeit des Colonels in Indien und die ganze Geschichte mit seiner Frau gehört, aber so wie ich das sehe, hilft uns das in unserem Fall nicht weiter.«

»Gut. Dann zu dem, was sich hier ergeben hat. Sie erinnern sich doch daran, daß es Mittwoch nacht auf der Manor Farm gebrannt hat. Man hat unter den Trümmern die Leiche des Eigentümers, eines Mr. Gannett, gefunden.«

Der Chief Constable überließ es Kneller, die ganze Geschichte zu erzählen. Myrtle hatte Schwierigkeiten, ihm konzentriert zuzuhören, weil ihm nicht klar war, inwiefern ihn dieser Unfall etwas anging; schließlich arbeitete er ja an einer Mordsache. Aber als Kneller erwähnte, daß Inspektor Joss auf Mord tippte, spitzte er die Ohren.

»Sind Sie derselben Ansicht, Sir?« fragte er Kneller.

»Ja. Um die Leiche herum war das Feuer ungewöhnlich stark.«

»Gibt es irgendwelche Anzeichen dafür, daß man ihn niedergeschlagen hat?«

»Joss und ich konnten keine entdecken; die Haut ist so stark verkohlt, daß man keine Verletzungen mehr erkennen kann. Frakturen hatte er keine, das hat der Doktor bestätigt.«

»Vielleicht sollte Sir Lemuel sich die Leiche einmal ansehen. Er würde vielleicht als Facharzt mehr entdecken als ein Allgemeinmediziner.«

Major Statford nickte.

»Das ist eine gute Idee. Bis jetzt haben wir Sir Lemuel nur ein Stück von der Leiche geschickt.«

»Sie haben das getan, Sir?«

»Es war die Idee von Inspektor Joss. Wir haben den Doktor Hautproben nehmen lassen und sie heute morgen zusammen mit den Überresten der Kleidung an den Yard geschickt.«

Die Landpolizei stieg plötzlich beachtlich in Myrtles Achtung.

»Das war eine sehr gute Idee, Sir. Darf ich fragen, was Sie sonst noch unternommen haben?«

»Nicht sehr viel, weil wir erst mit Ihnen darüber sprechen wollten. Bis jetzt glauben die Leute, daß es ein Unfall war, aber wenn wir jetzt anfangen, Fragen zu stellen, werden sie bald merken, daß wir auf Mord tippen. Vielleicht wäre es besser, wenn wir den Mörder in dem Glauben ließen, daß wir den Unfall geschluckt haben.«

Myrtle nickte.

»Da haben Sie einen wichtigen Punkt angesprochen. Aber bevor ich da eine Entscheidung treffe, möchte ich mehr über den Mann selbst und die Umstände hören. Sie haben also bisher noch keine Nachforschungen angestellt?«

»Joss hört sich nur ein wenig um«, sagte Kneller. »Ihr Mann hilft ihm dabei; in den nächsten paar Tagen wird es in Great Norne sicher einigen Klatsch geben.«

»Hat er schon etwas gehört?«

»Er hat noch keinen Bericht erstattet. Ich habe ihm gesagt, daß wir morgen früh bei ihm vorbeikommen.«

Ein paar Minuten lang herrschte Schweigen, während die drei

Männer ihren eigenen Gedanken nachgingen. Schließlich unterbrach Myrtle die Stille.

»Besteht eigentlich irgendein Zusammenhang zwischen diesem Gannett und Colonel Cherrington?«

»Es muß einen geben«, sagte Kneller, »aber ich weiß nicht, welchen. Ich habe heute morgen mit Heskell gesprochen, aber der konnte mir da auch nicht helfen. Colonel Cherrington hatte nur Umgang mit seinesgleichen; außerdem hatte er ziemlich eigene Vorstellungen von Benehmen. Gannett dagegen war ein Trunkenbold, und ich kann mir nicht denken, wie man die beiden miteinander in Verbindung bringen könnte. Höchstens . . . Sie waren beide Soldaten.«

»Tatsächlich? Aber nie zusammen, oder?«

»Nein, nein. Gannett war bei der berittenen Miliz irgendwo im Mittleren Osten und Colonel Cherrington erst in Indien und dann in Westafrika. Als Soldaten können sie sich unmöglich begegnet sein.«

»Vielleicht haben sie das als ›alte Soldaten‹ getan«, meinte Myrtle ruhig. »Vergessen Sie nicht, daß der Colonel nach einer Feier der British Legion getötet wurde.«

Superintendent Kneller starrte ihn an.

»Mein Gott! Daran habe ich gar nicht gedacht.«

Der Chief Constable hatte der Diskussion schweigend zugehört und dabei ein skeptisches Gesicht gemacht.

»Das ist doch wohl ein bißchen weit hergeholt, oder?« meinte er. »Ich glaube, daß das einfach Zufall ist. Zugegeben, es ist merkwürdig, daß sich zwei Mordfälle zur selben Zeit in derselben Gegend ereignen. Aber in diesem kleinen Städtchen hat es dafür vielleicht in den letzten fünfzig Jahren keine gewaltsamen Todesfälle gegeben; jetzt sind es eben drei.«

Myrtle blickte überrascht auf.

»Drei, Sir?«

»Nun ja, der erste war nur ein Unfall. Der Pfarrer ist gestürzt und hat sich das Genick gebrochen. Aber es hat die Gemüter in Great Norne trotzdem erregt, einfach weil solche gewaltsamen Todesfälle hier fast unbekannt sind.«

»Von der Sache ist mir gar nichts bekannt«, sagte Myrtle, wobei er sich wenig Mühe gab, seinen Unmut darüber zu verbergen.

»Nein. Warum auch? Es war ja ein Unfall. Das Ganze ist vor ein oder zwei Monaten passiert. Wissen Sie das genaue Datum, Kneller?«

Der Superintendent warf einen schuldbewußten Blick in sein Notizbuch.

»Der Unfall war am 18. November, Sir; die Verhandlung zur Feststellung der Todesursache am 22. November.«

Er drehte sich zu Myrtle herum.

»Es tut mir sehr leid; ich hätte das vielleicht erwähnen sollen. Aber ich sehe da keinen Zusammenhang . . .«

»Es besteht selbstverständlich auch keiner«, meinte Major Statford knapp. Schließlich ließ er sich doch seine Leute nicht von einem von Scotland Yard herunterputzen.

Aber Myrtle blieb hartnäckig, wenn auch sein Ton freundlicher wurde.

»Bei Gelegenheit möchte ich gern alles darüber erfahren. Schließlich haben wir es hier in drei Fällen mit gewaltsamem Tod zu tun. Es könnte doch sein, daß es jedes Mal Mord war.«

Der Chief Constable starrte ihn entgeistert an.

»Wollen Sie damit sagen, der arme alte Torridge ist auch ermordet worden? Ein harmloser Pfarrer? Wer sollte denn an seinem Tod Interesse haben?«

»Ich weiß nicht, Sir. Aber ich möchte trotzdem mehr über seinen Tod erfahren.«

»Bitte sehr«, meinte Kneller. »Heskell meint, es wäre ein ziemlich klarer Fall gewesen. Der Arzt sagt das auch. Bei der Verhandlung wurde ›Tod durch Unfall‹ bescheinigt. Er hat sich im Nebel verlaufen, ist im Hafen eine Treppe hinuntergestürzt und hat sich einen Schädelbasisbruch zugezogen. Das war, glaube ich, die eigentliche Todesursache.«

Myrtle lachte auf.

»Klingt ganz nach unserem alten Freund, dem ›stumpfen Gegenstand‹«, sagte er. Ihm war klar, daß die beiden Beamten das bezweifelten, aber er nahm sich vor, am nächsten Morgen die ganze Sache zu überprüfen. Daß es zwischen zwei gewaltsamen Todesfällen keinen Zusammenhang gab, hielt er für möglich. Aber drei? In diesem verschlafenen Nest?

Der Chief Constable murmelte noch immer mürrisch vor sich hin.

»Wer sollte denn einen ehemaligen Colonel, einen älteren Geistlichen und einen betrunkenen Farmer umbringen wollen?«

Das Telefon klingelte, und er nahm den Hörer ab.

»Gut, schicken Sie ihn herein«, sagte er nach einer Weile und legte auf.

»Morris glaubt, auf den Gläsern etwas entdeckt zu haben. Er und Gilbert haben sie seit gestern untersucht. Da standen eine ganze Menge Flaschen und Gläser auf Gannetts Küchenschrank«, meinte er erklärend zu Myrtle.

Es klopfte, und ein junger Mann trat ein. Er hatte einen großen Umschlag in der Hand, aus dem er zwei Fotoabzüge herausnahm. Er gab dem Chief Constable ein Vergrößerungsglas, nahm selbst auch eines zur Hand und zeigte dann mit der Spitze einer Nadel auf einen Fleck auf dem Foto.

»Wir hatten es schon fast aufgegeben, Sir, aber dann fanden wir das. Sehen Sie diese gabelförmige Linie über dieser Windung? Es ist nur schwer zu sehen, aber unter dem Mikroskop kann man auf der linken Seite dieser Gabelung erkennen, daß die Linie durchbrochen ist.«

»Ja, das sehe ich«, meinte Major Statford, »aber was ist damit?«

Morris legte ihm das zweite Foto vor, auf dem man deutlich die Abdrücke von vier Fingern erkennen konnte. Wieder zeigte er mit der Nadel auf eine Stelle des Bildes, sagte aber nichts.

Der Chief Constable betrachtete den Fingerabdruck lange und gründlich durch sein Vergrößerungsglas.

»Ja«, meinte er leise, »ich als Laie würde sagen, daß das dieselbe durchbrochene Linie in vermutlich demselben Fingerabdruck ist. Wo haben Sie diesen guten Fingerabdruck her? Wissen Sie, wessen Abdrücke es sind?«

»Ja, Sir; es sind Abdrücke von Captain Hexmans linker Hand.«

15   Ein dritter Mord

Die drei älteren Beamten waren zu erfahren, um vor ihrem jungen Kollegen ihre Überraschung zu zeigen.

»Wie kommen Sie zu Captain Hexmans Fingerabdrücken?« fragte der Chief Constable ruhig.

»Inspektor Joss hat sie besorgt; das war in der Nacht, in der Colonel Cherrington starb. Sie erinnern sich vielleicht daran, daß Captain Hexman einen Whisky trank, als er im Eßzimmer verhört wurde. Als dann alle gegangen waren, hat Joss das Glas durch eines aus der Küche ersetzt, das er vorsichtshalber noch mit etwas Whisky füllte, damit die Mädchen morgens nichts bemerken würden.«

»Hmm«, meinte Statford und bemühte sich, seine Befriedigung zu verbergen. »Ich weiß nicht, ob ein Gericht das als Beweismittel akzeptieren würde; aber notfalls können wir ja immer noch offiziell die Fingerabdrücke abnehmen. Hat er zufällig auch die Abdrücke von Mrs. Hexman?«

»Ja, Sir. Und die der zwei Hausmädchen, ohne daß sie es gemerkt haben.«

»Davon höre ich jetzt zum ersten Mal«, sagte Kneller steif.

»Mein lieber Kneller, es handelt sich hier um die Routinearbeit eines Detektivs«, sagte der Chief Constable und warf seinem Superintendent einen verschmitzten Blick zu. »Sicher hat er gedacht, daß Sie sich im Augenblick noch nicht für sie interessieren würden. Übrigens, Morris, wie ist das mit den Fingerabdrücken im Arbeitszimmer?«

»Da haben wir eine ganze Menge Fingerabdrücke des Colonels gefunden. Dann ziemlich viele von den Hausmädchen. Einige von Captain Hexman. Keine von Mrs. Hexman oder der Köchin. Ein paar von Inspektor Heskell, von Joss und Superintendent Kneller. Und ein oder zwei von Ihnen, Sir.«

»Von mir? Wie, zum Teufel, können Sie wissen, daß es sich um meine handelt?«

»Wir haben zufällig ein oder zwei von Ihnen im Büro; nur für die Akten.«

»Zufällig! Demnächst werden Sie mich noch beschatten. Brauchen wir Morris noch? Nein? Nun, Morris, dann können Sie wegtreten. Sie haben gute Arbeit geleistet. Gute Nacht.«

Als der junge Detektiv gegangen war, unterhielten sich die drei Beamten über den neuen Stand der Dinge. Natürlich konnte man aus der Tatsache, daß man in Gannetts Haus ein Glas mit den Fingerabdrücken des Captains gefunden hatte, nicht gleich schließen, daß Hexman den Mann umgebracht hatte. Es war ja möglich, daß es dafür eine einfache Erklärung gab.

»Wenn es Ihnen recht ist, Sir«, sagte Myrtle, »frage ich den Captain danach.«

»Gut. Übrigens glaube ich, daß wir unsere Lagebesprechung jetzt beenden könnten. Ich weiß ja nicht, wie es Ihnen geht, aber ich bin reif fürs Bett.«

Myrtle war an diesem Abend zu müde, um über die neue Entwicklung in dem Fall nachzudenken, aber am nächsten Morgen stand er früh auf und ließ seinen Verstand arbeiten.

Als erstes, dachte er, mußte man die Umstände untersuchen, unter denen der Pfarrer gestorben war. Wenn man beweisen könnte, daß sein Tod ein Unfall gewesen war, würde das den ganzen Fall viel einfacher machen. Daß er von der Angelegenheit nur durch Zufall erfahren hatte, bewies wieder einmal, wie unmethodisch man bei der Landpolizei dachte.

Die Entdeckung von Hexmans Fingerabdrücken allerdings

mußte man der örtlichen Polizei verdienstvoll anrechnen. Er wollte jedoch nicht voreilig den Schluß ziehen, daß Hexman Gannett umgebracht hatte — für die Tatsache, daß er in dem Haus gewesen war, konnte es ja eine Erklärung geben, aber es war trotzdem eine Entdeckung von Bedeutung. Myrtle besorgte sich zunächst eine Kopie des Polizeiberichts über den Tod des Pfarrers. Dann erkundigte er sich nach dem Namen des amtlichen Leichenbeschauers, der bei der Verhandlung zur Feststellung der Todesursache den Vorsitz geführt hatte, und saß wenig später in dessen Büro.

Mr. Harkins war fünfundsechzig Jahre alt und gehörte zu den Männern, denen ein korrektes Privat- und Berufsleben über eine steile Karriere und finanziellen Gewinn geht. Myrtle behandelte ihn deshalb mit gebührendem Respekt.

»Ich untersuche den Tod von Colonel Cherrington, Sir«, sagte er, »und gewisse Umstände haben es erforderlich gemacht, daß ich mich auch mit dem Tod des Pfarrers Theobald Torridge befasse. Sie sind der Meinung, daß es ein Unfall war?«

»Ja, und meine Beisitzer ebenfalls.«

»Und es hat niemand den Verdacht geäußert, es könne sich um ein Verbrechen handeln?«

Mr. Harkins blickte seinen Besucher eine Weile schweigend an, bevor er antwortete.

»Geäußert hat den Verdacht niemand, und es deutete ja auch nichts darauf hin. Soviel ich weiß, gab es ja auch keinen Grund dafür. Was veranlaßt Sie denn zu der Annahme . . . Wenn ich fragen darf?«

»Das hängt mit dem Fall zusammen, den ich gerade bearbeite. Ich hoffe, Sie haben Verständnis dafür, wenn ich darüber nicht mehr sage.«

»Selbstverständlich. Ich hätte so etwas gar nicht fragen sollen. Was Sie gesagt haben, beunruhigt mich. Es wäre mir sehr unangenehm, wenn wir uns bei der Feststellung der Todesursache geirrt hätten. Ich kann nur betonen, daß wir aufgrund der Beweismittel nur auf einen Unfall schließen konnten.«

»Gab es irgendein Beweismittel, das jede andere Möglichkeit ausschloß?«

Mr. Harkins runzelte nachdenklich die Stirn.

»Selbstmord konnten wir eindeutig ausschließen. Normalerweise würde ein solcher Sturz nicht zu einer derartig schweren Verletzung führen. Das ist nur auf die bedauerliche Tatsache zurückzuführen, daß sein Kopf so unglücklich auf die Stufen aufgeschlagen ist.«

Myrtle beugte sich nach vorn.

»Welchen Beweis gibt es dafür, daß sein Kopf tatsächlich auf die Treppenstufen aufgeschlagen ist?«

»Beweis gibt es dafür keinen; wir haben das aufgrund der allgemeinen Umstände angenommen. Ich glaube nicht, daß wir das ohne einen Augenzeugen beweisen können.«

»Sicher war Ihre Annahme logisch. Ich möchte nur sichergehen, daß es nichts gibt, was einen Mord ausschließen würde.«

Mr. Harkins nickte.

»Nein, es gibt keine Hinweise, die auf einen Mord deuten, und auch keine, die ihn ausschließen. Es könnte sich zweifelsohne um einen Mord handeln.«

Myrtle wurde klar, daß er vorläufig nicht mehr in Erfahrung bringen konnte, und er verabschiedete sich.

Als nächstes wollte er mit Heskell reden, der an Ort und Stelle die polizeilichen Ermittlungen durchgeführt hatte. Myrtle hielt ihn zwar nicht gerade für eine Leuchte, aber er erschien ihm zuverlässig und gewissenhaft.

Er lieh sich ein Auto und fuhr zum Polizeirevier nach Great Norne. Heskell zeigte sich überrascht darüber, daß man den Tod des Pfarrers wieder aufgegriffen hatte. Er bestätigte die Aussage von Mr. Harkins, nach der es keinen Hinweis auf ein Verbrechen gegeben hatte, kam dann aber zögernd auf etwas zu sprechen, das bisher in keinem Bericht erwähnt worden war. In der Tasche des Pfarrers hatte man Glasscherben gefunden, die, wie auch die Manteltasche selbst, nach Whisky gerochen hatten. Die Augen des Detektivs begannen zu leuchten, als er diese pikante Ergänzung einer bisher einfachen Geschichte hörte.

»Man kann also annehmen, daß nicht Nebel daran schuld war, daß der Pfarrer sich verirrt hat, sondern Whisky?« fragte er.

Das wollte Heskell nicht ohne weiteres bejahen.

»Ich habe mir gedacht, daß er bei Krankenbesuchen immer ein wenig Whisky bei sich hatte.«

Myrtle nickte.

»Kam er denn von einem Krankenbesuch? Soviel ich weiß, hatte er doch irgendeinen Club besucht.«

»Das stimmt, Sir. Aber vielleicht war er auf dem Weg zu einem Kranken.«

»Ich glaube kaum, daß sein geistlicher Beistand so ausgesehen hat. Jedenfalls — Sie haben diese Tatsache in Ihrem Bericht nicht erwähnt, oder?«

»Nein, Sir. Es hätte ja nichts geändert und wahrscheinlich nur zu unnötigem Gerede geführt.«

»Ich verstehe ... Sie wollten diskret vorgehen und haben dabei — oder hätten beinahe — einen wichtigen Hinweis unter den Tisch fallenlassen.«

Diese Feststellung überraschte Heskell, aber klugerweise sagte er nichts darauf. Inzwischen war Joss eingetroffen, und Myrtle ließ ihn in das winzige Büro des Inspektors rufen. Joss berichtete ihm, daß er bei seinen Ermittlungen im Fall Gannett nicht viel weitergekommen war.

»Mir sind die Hände gebunden, Sir«, sagte er. »Wenn es nach außen hin immer noch wie ein Unfall aussehen soll, wie kann ich dann die Leute fragen, ob er irgendwelche Feinde gehabt hat, oder sonst irgend etwas? Alle erzählen mir das gleiche, weil alle dasselbe denken — daß er betrunken war, die Lampe umgestoßen hat und verbrannt ist. Ihr Sergeant Plett hat einen Mann den Verdacht äußern hören, daß man ihn niedergeschlagen hat, aber die Leute haben ihn ausgelacht.«

»Und wer hatte diese geistreiche Idee?« fragte Myrtle.

»Der junge Winch, Sir, der Sohn vom Wirt des ›Royal George‹.«

»Ich werde mich mal mit ihm unterhalten. Aber Sie haben recht, Joss, so können wir nicht arbeiten. Ich werde dem Chief Constable vorschlagen, daß wir unseren Verdacht bekanntmachen. Vielleicht hören wir dann mehr.«

Joss grinste.

»Darauf möchte ich wetten, Sir; es gibt schon jetzt genug Gerede. Wenn bekannt wird, daß es Mord war, gibt es wahrscheinlich einen Aufruhr.«

Myrtle nickte.

»Und was wäre, wenn es einen dritten Mord gäbe?«

Joss starrte ihn an.

»Einen dritten Mord, Sir?«

»Gegeben hat, nicht geben wird — hoffe ich. Wußten Sie, daß der Pfarrer dieser Gemeinde kürzlich eines gewaltsamen Todes gestorben ist?«

Joss riß seine Augen noch weiter auf.

»Ich weiß, daß er tot ist; soweit ich mich erinnere, hat er sich bei einem Unfall das Genick gebrochen.«

»Nein, er hat sich nicht das Genick gebrochen«, meinte Myrtle ruhig. »Er ist an einem Schädelbasisbruch gestorben, der von einem Schlag herrührte. Dabei kann es sich um den Aufschlag auf die Stufen der Treppe gehandelt haben, die er hinuntergefallen ist, oder um einen Schlag mit ...«

»Einem stumpfen Gegenstand, Sir?«

»Genau. Die klassische Mordwaffe. Und in diesem Fall wahrscheinlich ein Produkt meiner krankhaften Phantasie. Aber es ist ein paar Nachforschungen wert. Lassen Sie sich von Heskell den Bericht über den — Unfall zeigen. Und vielleicht erwähnt er Ihnen gegenüber auch die unbedeutende Tatsache, die nicht in dem Bericht steht. Vielleicht auch nicht.«

Als nächstes ging Myrtle zu Dr. Faundyce. Der Arzt verbrachte diesen Samstagnachmittag damit, die Apfelbäume in seinem Garten zu beschneiden. Er unterbrach seine Beschäftigung nur zögernd und führte den Beamten ins Haus.

»Und sind Sie in dem Fall Cherrington zu einem Schluß gekommen?« fragte er.

»Es gibt da noch einige Punkte, die wir klären müssen«, antwortete Myrtle. »Aber im Augenblick brauche ich Informationen über etwas anderes.«

»Fragen Sie nur, Chefinspektor«, meinte der Arzt und begann, sich eine Pfeife zu stopfen.

»Es handelt sich um den Tod von Mr. Torridge.«

Der geschäftige Zeigefinger des Arztes hielt einen Moment inne. »Was Sie nicht sagen. Und inwiefern interessieren Sie sich dafür?«

»Ich möchte genau wissen, woran der alte Herr gestorben ist.«

Dr. Faundyce warf seinem Besucher einen scharfen Blick zu. »Das habe ich doch schon bei der Verhandlung ausführlich dargelegt«, sagte er. »Er ist an einem Schädelbasisbruch gestorben.«

»Dieser Bruch wurde durch einen Schlag verursacht, und man nimmt an, daß es sich dabei um den Aufschlag des Hinterkopfes auf die Steintreppe gehandelt hat. Richtig?«

»Ja, so wurde es bei der Verhandlung festgestellt.«

»Nicht ganz, Sir. Es wurde festgestellt, daß die Verletzung vermutlich so entstanden ist. Aber soweit mir bekannt ist, hat niemand den Hergang beobachtet. Meine erste Frage an Sie wäre, ob die Verletzung möglicherweise durch einen Schlag entstanden sein könnte, den jemand ihm versetzt hat, bevor er die Treppe hinuntergefallen ist? Gibt es aus Ihrer Sicht Gründe, die dagegen sprechen?«

»Du lieber Gott«, meinte Dr. Faundyce entgeistert, »wie kommen Sie denn darauf?«

»Ich möchte ja nur wissen, ob man diese Möglichkeit ausschließen kann.«

»Wenn Sie mich so fragen, kann ich Ihnen nur sagen, daß es ohne weiteres so passiert sein könnte, wie Sie sagen; allerdings habe ich nichts gefunden, was darauf hätte schließen lassen. Die

Verletzung entsprach in ihrer Art genau dem Sturz. Andere Verletzungen, die auf einen Kampf hätten schließen lassen, habe ich nicht entdeckt; allerdings habe ich auch nicht danach gesucht, weil die Todesursache so eindeutig war.«

Myrtle sagte daraufhin eine Weile gar nichts, um den Arzt nervös zu machen. Dann fragte er:

»Ist der Inhalt seines Magens untersucht worden, Sir?«

»Der Inhalt des Magens? Warum, um Himmels willen?«

»Ist das bei gewaltsamen Todesfällen nicht üblich?«

»Es ... es bestand keine Veranlassung dazu«, erwiderte der Arzt, jetzt zweifelsohne nervös.

»Glauben Sie? Und doch ist der alte Herr möglicherweise ermordet worden.«

»Das kann ich einfach nicht glauben. Nie und nimmer.«

»Es ist angedeutet worden, daß Mr. Torridge deshalb unsicher auf den Beinen war, weil er ... getrunken hatte. Können Sie diese Vermutung bestätigen oder entkräften?«

»Ich glaube, jetzt muß ich Ihnen wohl sagen, was ich eigentlich nicht bekanntwerden lassen wollte. In der Manteltasche des Pfarrers war eine zerbrochene Flasche, und er hat aus dem Mund nach Whisky gerochen.«

»Aha! Und im Magen? Ich nehme an, Sie haben den Magen geöffnet?«

»Nein, ich habe Ihnen doch gesagt, daß dazu kein Grund bestand. Ich wollte seiner Frau weiteren Kummer ersparen.«

»Und da haben Sie diese Tatsache einfach verschwiegen?«

»Gegen die Behauptung möchte ich mich verwahren. Ich habe sie einfach nicht erwähnt, weil sie mir bedeutungslos erschien.«

»Und haben Sie sich da mit Inspektor Heskell abgesprochen?«

»Natürlich nicht. Es würde mir nicht im Traum einfallen, ihm zu sagen, was seine Pflicht ist. Er hat die Tatsache nicht erwähnt, und ich auch nicht.«

Der Beamte machte ein grimmiges Gesicht.

»Sehr merkwürdig, Sir«, sagte er. »Und damit haben wir vielleicht ein wichtiges Beweismittel verloren. Wenn man die Leiche jetzt exhumieren würde, könnte man dann möglicherweise noch Spuren von Alkohol im Magen finden?«

»Ich glaube nicht. Aber warum ist das alles so wichtig?«

»Das werde ich Ihnen sagen, Doktor. Sie haben gesagt, daß Sie in der Mundhöhle Alkoholgeruch festgestellt haben; wenn Sie den Magen gleich geöffnet und dort *keine* Spur von Alkohol gefunden hätten, dann hätten wir den Beweis dafür gehabt, daß der Mann ermordet wurde.«

16   Bei Hexman zu Hause

George Hexman fischte den Ball aus dem Loch, in das er ihn gerade befördert hatte.

»Das wär's dann wohl«, meinte er. »Ich fürchte, du hast heute keinen besonders glücklichen Tag, mein Mädchen. Sollen wir noch weiterspielen oder lieber aufhören?«

»Wenn es nach mir geht, hören wir auf«, sagte seine Frau finster. »Ich verstehe sowieso nicht, warum du unbedingt mit mir spielen wolltest. Ich war schon immer eine miserable Golfspielerin.«

»Du müßtest dich nur etwas mehr anstrengen. Ich dachte, daß dir ein bißchen Golf guttun würde.«

Sie gingen hinüber zum Clubhaus.

»Wollen wir unseren Tee hier trinken?«

»Ich würde lieber nach Hause gehen, aber du willst ja sicher hinterher noch Bridge spielen.«

»Aber nein; gehen wir doch nach Hause. Da ist es viel gemütlicher, und der Tee ist auch besser.«

Winifred Hexman kam die ungewohnte Nachgiebigkeit ihres Mannes eigenartig vor und ein bißchen verdächtig. Sie war ganz überrascht gewesen, als er sie zu einer Runde Golf eingeladen hatte; das hatte er seit Jahren nicht getan. Er war die ganze Zeit über gut gelaunt gewesen, obwohl es ihm nicht viel Spaß bereitet haben konnte, mit ihr, der viel schlechteren Golferin, zu spielen; sie dagegen hatte sich über ihr schlechtes Spiel geärgert.

Die Heimfahrt verlief alles andere als unterhaltsam, da Georges' Bemühungen, ein Gespräch in Gang zu bringen, meist frühzeitig scheiterten. Zu Hause in Monks Holme allerdings schien sich die Atmosphäre zu bessern, und George hatte den Eindruck, daß jetzt für ihn der rechte Augenblick gekommen war.

»Was würdest du eigentlich gern tun, wenn das alles hier geklärt ist?« fragte er.

»Was ich tun würde?« meinte seine Frau erstaunt.

»Ich meine — du willst doch sicher nicht den ganzen Winter hier verbringen. Wo würdest du gern hinfahren?«

Winifred kam das alles immer seltsamer vor. Sie konnte sich nicht daran erinnern, daß George sie jemals beim Pläneschmieden zuerst nach ihrer Meinung gefragt hätte.

»Aber die Polizei wollte doch, daß wir hierbleiben, oder?«

»Ja, aber doch nur für kurze Zeit. Wir könnten uns doch schon mal Gedanken machen. Ein bißchen Abwechslung täte uns ganz gut; das Ganze war doch sehr deprimierend.«

»Warum fährst du dann nicht nach Irland zur Jagd?«

»Aber Liebes, du magst doch Irland nicht. Ich hatte mehr an Wintersport gedacht. Du wolltest doch immer in die Schweiz.«

Winifred lachte bitter auf.

»Ja — aber bin ich jemals hingekommen? Du wolltest jagen und bist nach Irland gefahren; ich wollte Ski laufen und bin hiergeblieben. Du weißt, warum.«

Ja, das wußte er. Für Irland *und* die Schweiz hatte das Geld nicht gelangt, und er war nach Irland gefahren . . .

»Ach, komm, lassen wir doch die alte Geschichte, kümmern wir uns um die Zukunft. Jetzt wird es uns ja besser gehen. Fahren wir doch irgendwohin, wo es uns beiden gefällt.«

»Deshalb bist du also plötzlich so besorgt um mich. Ja, es wird uns jetzt besser gehen, oder vielmehr mir. Das macht die Mühe wert.«

George Hexman errötete und warf seine Zigarette in den Kamin.

»Das war eine sehr häßliche Bemerkung. Aber vielleicht habe ich sie verdient. Aber ich möchte wirklich, daß du glücklicher wirst. Ich sage dir auch, warum. In letzter Zeit ist es mir schlecht gegangen, und das schlimmste daran war, daß ich mit dir nicht darüber sprechen konnte; du bist mir so fremd vorgekommen. Ich dachte mir — nun, ich habe mit Fred Stopp darüber gesprochen; ich weiß, daß du ihn nicht magst, aber er schien mir der einzige zu sein, der mir helfen konnte. Er hat mir klipp und klar erklärt, daß das alles meine eigene Schuld sei, daß ich selbstsüchtig wäre und du dich hier zu Tode langweilen würdest. Mir ist inzwischen klargeworden, daß er damit recht hatte. Deshalb würde ich gern noch mal einen Anfang machen — wenn es noch nicht zu spät ist, Win.«

Der harte Gesichtsausdruck seiner Frau wurde weicher; aber sie antwortete erst nach einer Weile.

»Es tut mir leid, daß du darüber mit Dr. Stopp sprechen mußtest. Ich hätte dir vielleicht dasselbe sagen können — kostenlos.«

»Ich wollte es ja eigentlich auch nicht. Ich wollte ihn sprechen, weil ich glaubte, von der Polizei beschattet zu werden. Das alles hat furchtbar an meinen Nerven gezerrt. Ich konnte nicht einmal mit dir darüber sprechen, weil . . . Win, du glaubst doch nicht etwa auch, daß ich den alten Herrn erschossen habe?«

»Ihn erschossen? Vater? Natürlich nicht! Was für eine blödsinnige Frage!«

George beugte sich zu ihr hinüber und drückte ihre Hand.

»Daran ist nur dieser verdammte Polizist schuld. Er dachte es. Er hat die Leute im Büro über mich ausgefragt.«

»Ich wünschte, du wärst ohne diese Tragödie zur Vernunft gekommen, George. Wie kann ich wissen, ob du nicht später wieder wie früher sein wirst; daß du machst, was du willst und mich mir selbst überläßt?«

»Win, ich verlange nicht, daß du mir glaubst; ich möchte nur, daß du mir eine Chance gibst. Wir sind beide noch jung, es ist noch nicht zu spät.«

Winifred zögerte. Sie war sich dessen nicht so sicher. Ganz im Gegenteil.

Die Wohnzimmertür öffnete sich, und Fanny kam herein.

»Sir, da ist ein Polizeibeamter aus London, der Sie sprechen möchte«, sagte sie.

Hexman runzelte die Stirn, fing sich aber schnell.

»Führen Sie ihn ins Eßzimmer. Wir kommen gleich.«

Chefinspektor Myrtle stand am Fenster und schaute hinaus, als die Hexmans herunterkamen.

»Es tut mir leid, daß ich Sie noch einmal belästigen muß, Sir«, sagte er. »Ich muß Ihnen noch ein paar Fragen stellen, die Ihnen vielleicht etwas merkwürdig vorkommen werden, aber im Augenblick kann ich Ihnen leider nicht mehr dazu sagen. Würden Sie mir bitte zunächst einmal sagen, was Sie am Montag, Dienstag und Mittwoch dieser Woche in der Zeit von sechs bis acht Uhr getan haben?«

George Hexman starrte ihn an.

»Diese Woche? *Nach* dem Tod meines Schwiegervaters? Ich verstehe wirklich nicht, worauf Sie hinaus wollen, Chefinspektor. Am Montag war ich hier. Am Dienstag — da waren Sie doch bis zur Teezeit hier. Nach dem Tee bin ich ins Clubhaus gegangen und habe ein oder zwei Stunden lang Bridge gespielt. Am Mittwoch war ich bei Dr. Stopp. Ach nein, das war ja am Donnerstag. Was habe ich am Mittwoch getan, Win?«

»Du warst hier, George. Wir waren beide hier. Das war doch der Abend, an dem das Feuer war. Erinnerst du dich, George? Wir haben es von meinem Fenster aus gesehen.«

»Mein Gott, ja! Damit wäre das geklärt, Chefinspektor. Sie haben ja sicher davon gehört. Eine Farm ist niedergebrannt und der Farmer, ein gewisser Gannett, ist dabei umgekommen. Jeder kann Ihnen sagen, daß das am Mittwoch war.«

»Ich habe davon gehört. Kannten Sie Mr. Gannett?«

»Nur flüchtig. Warum fragen Sie?«

Myrtle beugte sich nach vorn. »Möchten Sie, daß Ihre Frau hierbleibt?«

»Ja natürlich. Warum nicht?«

»Am Morgen nach dem Feuer haben wir Ihre Fingerabdrücke in

dem Raum gefunden, in dem Mr. Gannetts Leiche lag. Wie erklären Sie sich das, Sir?«

Aus Hexmans Gesicht war alle Farbe gewichen.

»Was, zum Teufel . . .? Sie wollen doch wohl nicht behaupten, daß ich die Farm angezündet habe, oder? Ich war einen Tag vor dem Brand da.«

»Tatsächlich, Sir? Um welche Zeit?«

»So zwischen sieben und halb acht. Ich habe auf meinem Heimweg von Teale vorbeigeschaut.«

»Davon haben Sie aber eben nichts gesagt.«

»Sie haben mich ja nicht danach gefragt. Ich habe Ihnen doch erzählt, daß ich an dem Abend Bridge gespielt habe. Die Farm liegt an der Straße nach Teale. Ich habe auf dem Rückweg nur etwa zehn Minuten dort vorbeigeschaut, um mit dem alten Knaben kurz einen zu trinken.«

»Ich verstehe. Dann frage ich Sie jetzt noch einmal: Wie gut kannten Sie Mr. Gannett?«

»Das habe ich Ihnen doch schon gesagt — nur flüchtig. Ich habe ihn an Markttagen immer im ›George‹ getroffen. Sie wissen vielleicht, daß er ein ziemlich bemitleidenswerter alter Mann war, völlig gebrochen und meistens betrunken. Er hat mich eingeladen, mal bei ihm vorbeizukommen. Das habe ich dann am Mittwoch getan; wir haben ein Glas zusammen getrunken, das war alles.«

»War sonst noch jemand da?«

»Nein, ich habe jedenfalls niemanden gesehen. Er hat mir die Tür selbst geöffnet.«

»Und das war am Mittwoch?«

»Ja. Nein, am Dienstag; das habe ich Ihnen doch gesagt. Am Mittwoch war ich hier, ich bin nicht ausgegangen.«

»Kann das jemand bestätigen?«

»Meine Frau. Sie haben doch gehört, was sie gesagt hat.«

»Und Sie haben Gannett wirklich nur flüchtig gekannt?«

»Ja. Was soll die ganze Fragerei eigentlich?«

Myrtle gab keine Antwort, sondern blätterte in seinem Notizbuch. »Jetzt möchte ich gern, daß Sie noch etwas weiter zurückdenken. Sind Sie den ganzen Winter über hier gewesen?«

»Ja, so gut wie. Ein paarmal bin ich für ein oder zwei Wochen nach London gefahren.«

»Wissen Sie, wann? Führen Sie ein Tagebuch?«

»Kein regelmäßiges, wenn Sie das meinen. Wenn ich etwas Besonderes vorhabe, schreibe ich es mir auf. Wollen Sie etwas Bestimmtes wissen?«

»Sind Sie Mitte November hier gewesen, Sir?«

Hexman zog seinen Taschenkalender hervor und blätterte darin. »Vom siebten bis zum elften November war ich in London. Dann noch mal für drei Nächte vom 22. November an. Zwischendurch war ich hier. Am 16. war ich in Chatcombe beim Schießen, das war ein Mittwoch. Und am Samstag, dem 19., habe ich Golf gespielt. Sonst war ich, glaube ich, immer hier.«

»Waren Sie in der Nacht des 18. November hier? Genau gesagt, zwischen dem 18. und dem 19. November?«

»Ja, soweit ich mich erinnere. Aber, ehrlich gesagt, ich weiß nicht mehr viel darüber. Hier ist ein Abend wie der andere. Warum interessiert Sie diese Nacht? Oder darf ich das nicht fragen?«

»Vielleicht erinnern Sie sich daran, wenn ich Ihnen sage, daß es eine neblige Nacht war, eine sehr neblige.«

Winifred Hexman fuhr hoch.

»George, das war die Nacht, in der Mr. Torridge ums Leben gekommen ist«, meinte sie scharf.

Myrtle sah sie an.

»Sie haben ein ausgezeichnetes Gedächtnis«, sagte er.

»Warum stellen Sie alle diese Fragen?«

Myrtle antwortete erst nach einer kurzen Pause.

»Weil ich mich für die Todesfälle — die gewaltsamen Todesfälle — interessiere, die es in letzter Zeit in Great Norne gegeben hat«, sagte er.

17 Freunde von Albert Gannett

Myrtle erfuhr an diesem Abend in Monks Holme wenig Neues. George Hexman hatte den verstorbenen Pfarrer nicht näher gekannt. Er war in die Kirche gegangen, um seinem Schwiegervater einen Gefallen zu tun und hatte sich die Predigten des alten Herrn geduldig angehört. Ansonsten war er dem Pfarrer nur gelegentlich bei örtlichen Veranstaltungen begegnet; er persönlich hatte ihn ziemlich langweilig und selbstgefällig gefunden. Winifred Hexman hatte ihn viel besser gekannt und ihn auch gemocht. Sie konnte sich nicht vorstellen, daß jemand etwas gegen ihn gehabt haben könnte und gab dem Beamten zu verstehen, daß er ihrer Meinung nach anscheinend von der Schnapsidee besessen war, daß es sich um einen Mord handelte.

Albert Gannett hatte sie nur vom Sehen gekannt; George Hexman war bei seiner Behauptung geblieben, er hätte Gannett nur flüchtig gekannt. Er hatte Myrtle die Namen der Männer genannt, mit denen er im Club Bridge gespielt hatte, obwohl deren Aussage nicht beweisen konnte, daß er am Dienstag auf der Manor Farm gewesen war; noch weniger konnte sie beweisen, daß er *nicht* am Mittwoch dort gewesen war.

Was den fraglichen Mittwoch anlangte, so konnte nur seine Frau bestätigen, daß er zwischen Teezeit und Abendessen nicht ausgegangen war. Myrtle hatte die zwei Mädchen darüber befragt, aber beide konnten sich nicht genau erinnern.

Als Myrtle Monks Holme schließlich verließ, wußte er daher wenig mehr als zuvor. Eigentlich nur soviel, daß Hexman eine plausible und möglicherweise zutreffende Erklärung für seine Fingerabdrücke auf dem Glas in der Manor Farm gegeben hatte. Er schien als Mörder des betrunkenen Farmers also auszuscheiden.

Inzwischen war der Bericht des Gerichtsmediziners eingetroffen, der die Hautproben von Gannetts Gesicht und die Überreste seiner Kleidung untersucht hatte; alle Proben waren paraffingetränkt gewesen. Es bestand daher kaum noch Zweifel daran, daß Gannett absichtlich mit Öl übergossen worden war, damit seine Leiche verkohlte und jegliche Anzeichen von Gewaltanwendung verschwanden.

Myrtle hatte von Heskell erfahren, daß ein Farmer namens Pollitt wohl am meisten über Gannett wissen müßte; er war der einzige, der den Toten wirklich gut gekannt hatte. Die meisten Farmer in Gannetts Alter waren entweder tot oder hatten die Gegend verlassen; die jüngeren nahmen ihn nicht ernst. Ansonsten hatten ihn nur Winch, der Wirt des ›Royal George‹, und Richard Barton, der Bauunternehmer, näher gekannt.

Heskell selbst kannte Gannett noch nicht lange und konnte keinen Hinweis auf einen möglichen Mörder liefern.

Myrtle hatte Glück und traf Mr. Pollitt auf seiner Farm an, die etwas außerhalb der Stadt lag. Der Farmer hatte soeben sein üppiges Abendessen beendet und wollte gerade zum Nachtisch ins ›George‹ gehen; aber natürlich verzichtete er zugunsten eines Gesprächs mit einem Detektiv von Scotland Yard gern darauf. Pollitt führte seinen Besucher ins Wohnzimmer und zündete eine schwere Messinglampe an, die in der Mitte des Raumes auf einem Tisch stand.

»Öl, wie Sie sehen, Mr. Myrtle. Hier draußen gibt's keinen Strom. Der arme Albert Gannett würde noch leben, wenn dem Stadtrat klargeworden wäre, daß wir im zwanzigsten Jahrhundert leben.«

»Tatsächlich?« fragte Myrtle. »Da bin ich mir nicht so sicher.«

»Sie glauben nicht, daß es die Lampe war, die das Feuer verursacht hat?« meinte Fred Pollitt erstaunt.

»Nicht ganz, obwohl sie sicher dazu beigetragen hat. Ich brauche Ihre Hilfe, Mr. Pollitt, und ich werde Ihnen jetzt ein paar Dinge sagen, die Sie bitte vorläufig für sich behalten.«

»Ich schweige wie ein Grab«, meinte der Farmer feierlich.

Das bezweifelte Myrtle, aber eigentlich war es ihm egal, wenn die Sache jetzt bekannt wurde. Er hatte es nur gesagt, damit sich sein Gastgeber geschmeichelt fühlte.

»Wir haben Grund zu der Annahme, daß Gannett ermordet worden ist«, meinte er ruhig.

»Du meine Güte!« rief Pollitt. »Wer würde denn so etwas tun?«

»Genau das wollte ich Sie fragen. Man hat mir gesagt, daß Sie ihn besser als jeder andere gekannt haben; ich möchte wissen, welche Feinde er hatte. Wer könnte es getan haben?«

»Keiner. Es gibt hier keinen Menschen, der etwas gegen Bert Gannett hatte. Er hatte seine Fehler, aber er war ein guter Mensch und hat niemandem je etwas getan — außer sich selbst.«

»Und doch hat ihn jemand umgebracht«, sagte Myrtle.

»Das glaube ich nicht. Entschuldigen Sie, Mr. Myrtle, das klingt unhöflich; aber ich kann das einfach nicht glauben.«

»Nach dem, was Sie mir erzählt haben, verstehe ich Ihre Zweifel. Jetzt möchte ich Ihnen noch eine Frage stellen, die Ihnen sehr merkwürdig vorkommen wird, und es würde mich freuen, wenn Sie vergessen würden, daß ich sie gestellt habe. Gibt es irgendeine Verbindung zwischen Gannett und Colonel Cherrington — und Ihrem verstorbenen Pfarrer, Mr. Torridge?«

»Dem Pfarrer?« fragte Pollitt und starrte ihn erstaunt an.

»Ja. Colonel Cherrington ist tot; ich glaube, er wurde ermordet. Mr. Torridge ist tot; ich weiß, ein Unfall — oder? Nun ist Gannett tot; anscheinend wieder ein Unfall, meiner Meinung nach aber mit Sicherheit Mord. Das gibt einem doch zu denken — drei Todesfälle innerhalb von wenigen Monaten, und das in einem ruhigen Ort wie Great Norne. Deshalb meine Frage: Besteht da eine Verbindung?«

»Ich weiß gar nicht mehr, wo mir der Kopf steht. Der Colonel ermordet? Na ja, ich habe ein paar Leute so was sagen hören. Aber der Pfarrer? Wer sollte denn den alten Herrn umbringen wollen? Und jetzt Bert. Cherrington hatte für Bert kein freundliches Wort, obwohl sie beide in der British Legion waren. Und der Pfarrer — ach ja, Bert hat sich mit ihm in die Haare gekriegt wegen seiner Trinkerei, das hatte ich vergessen. Aber das ist lange her. Ich habe Bert nie etwas gegen den Pfarrer sagen hören.«

»Das hört sich nicht so an, als ob es jemanden geben könnte, der ein Motiv für alle drei Morde hatte. Sie haben mir viel erzählt, aber es hat mich leider nicht weitergebracht. Wer könnte mir sonst noch helfen? Inspektor Heskell meinte, daß Winch oder Barton vielleicht etwas wüßten.«

Pollitt schüttelte betrübt den Kopf.

»Simon Winch wird Ihnen auch nichts anderes sagen als ich. Wie das mit Barton ist, weiß ich nicht. Sie waren mal befreundet. Aber Dick Barton ist ein komischer Kauz; der ist nie mehr der alte geworden, nachdem seine Frau gestorben ist.«

»Wann war das?«

»Das ist lange her. 1919 oder 1920 oder so. Dick ist immer ein harter Bursche gewesen, aber seit Ellens Tod ist es ganz schlimm. Er hat all seine Freunde sausen lassen, kümmert sich um seine Arbeit, lacht nie und hat nie eine andere Frau auch nur angeschaut.«

»Hat er mit Gannett Streit gehabt?«

»Nein, keineswegs. Bert hatte mit dem Ganzen nichts zu tun.«

»Vielleicht sollte ich mal mit Barton reden.«

»Das würde ich tun. Sollte mich aber sehr wundern, wenn Sie den zum Reden bringen.«

Als Myrtle Pollitt verließ, war er müde und hungrig und wollte alles erst einmal überdenken. Aber als er durch die Stadt fuhr, sah er Dr. Stopp, den Kneller ihm morgens vorgestellt hatte. Er hielt an und stieg aus.

»Kann ich Sie kurz sprechen, Doktor? Es dauert nicht lange.«

»Möchten Sie nicht mit hineinkommen?« fragte Dr. Stopp.

»Nein, danke. Ich möchte Ihnen nur zwei Fragen stellen. Captain Hexman hat mir erzählt, daß er diese Woche abends bei Ihnen war. Würden Sie mir sagen, wann das war?«

Dr. Stopp schaute überrascht, machte aber keinerlei Umschweife.

»Das war am Donnerstag.«

»Ganz sicher?«

»Todsicher. An dem Tag habe ich bei Gannett die Obduktion vorgenommen; das war ein Tag nach dem Feuer. Er ist am Donnerstagabend gekommen.«

»Ich danke Ihnen. Weshalb ist er zu Ihnen gekommen?«

»Danach können Sie mich nicht fragen, Chefinspektor. Sie wissen doch, ärztliche Schweigepflicht.«

»Verzeihung. Dann werde ich es anders formulieren. Hat er Sie über Gannetts Obduktion befragt?«

»Nein, die habe ich mit keinem Wort erwähnt, das weiß ich noch.«

»Danke, Doktor, dann will ich Sie nicht länger aufhalten.«

»Einen Augenblick, Chefinspektor — eine Hand wäscht die andere. Sie haben mir zwei Fragen gestellt; gestatten Sie mir eine?«

»Antwort kann ich Ihnen keine versprechen, aber fragen Sie nur.«

»Ich spreche jetzt als Hexmans Arzt; ich mache mir Sorgen wegen seiner Gesundheit — seiner geistigen. Ich sehe ein, daß er, solange die Ermittlungen über den Tod des Colonels laufen, ein ziemliches Ausmaß an Fragen über sich ergehen lassen muß, aber müssen Sie ihn wirklich beschatten lassen?«

Myrtle starrte ihn an.

»Beschatten? Ich lasse ihn nicht beschatten.«

»Er glaubt es aber.«

»Das bildet er sich ein.«

»Das freut mich. Kann ich ihm das sagen?«

»Lieber nicht. Falls es mir aus irgendeinem Grund zu einem späteren Zeitpunkt ratsam erscheinen sollte, glaubt er vielleicht, ich hätte gelogen.«

Am nächsten Morgen — es war Sonntag und Neujahr obendrein — ging Myrtle zu Simon Winch, dem Wirt des ›Royal George‹. Von ihm erfuhr er allerdings nichts Neues. Dennoch hatte Myrtle nicht das Gefühl, seine Zeit verschwendet zu haben; zweifellos würde Winch seine Gäste über seine Nachforschungen informieren, und möglicherweise würde ihm daraufhin jemand etwas erzählen.

Sein nächster Besuch galt dem Bauunternehmer, Richard Barton. Nachdem es fast elf Uhr war, befürchtete Myrtle, daß Barton vielleicht auf dem Weg in die Kirche sein würde. Tatsächlich trug Barton einen dunklen Anzug und ein weißes Hemd; an den Füßen allerdings hatte er Hausschuhe. Myrtle zeigte ihm seinen Ausweis.

»Ich würde gern einmal mit Ihnen sprechen, Mr. Barton, aber wenn Sie gerade auf dem Weg in die Kirche sind ...«

»Das bin ich nicht.«

Barton drehte seinem Besucher den Rücken zu und ging zurück ins Haus. Myrtle folgte ihm.

»Ich möchte Ihnen eine Frage zu Albert Gannett stellen«, sagte Myrtle. »Sie sollen ihn mal gut gekannt haben.«

»Ich habe fast zwanzig Jahre nicht mehr mit ihm geredet.« Er sprach leise, aber seine Stimme hatte einen rauhen Klang.

»Aber Sie haben ihn einmal gut gekannt?« bohrte Myrtle.

»Ja.«

»Und warum hat sich das geändert?«

»Das ist meine Sache.«

»Sie wissen also nicht viel darüber, wie er in letzter Zeit seine Tage verbracht hat?«

»Gar nichts.«

Er blickte leicht spöttisch. Obwohl er immer noch gut aussah — Myrtle schätzte ihn auf etwa fünfzig — war er kein attraktiver Mann. Seine Augen waren kalt, und während des ganzen Gesprächs lächelte er kein einziges Mal.

»Hatte er Feinde?«

»Einen hatte er ganz offensichtlich.«

Myrtle fiel auf, daß die Fragen ihn nicht überraschten, und er merkte auch, daß er seinem Ziel nicht näherkam. Wenn er überhaupt etwas erfahren hatte, dann war es die Tatsache, daß Barton selbst etwas gegen Gannett zu haben schien. Diese Abneigung mußte aber zwanzig Jahre alt sein und konnte mit den ganzen Morden nichts zu tun haben.

Myrtle verabschiedete sich deshalb, nachdem er Barton für seine Hilfe gedankt hatte.

18 Mrs. Faundyces Party

Mrs. Faundyce hatte für ihre Aufmunterungsparty den Dienstag gewählt; und Emily Vinton war schon um drei Uhr nachmittags vor Aufregung ganz aus dem Häuschen. Unglücklicherweise war der Dienstag Minnies freier Tag, so daß Emily niemanden hatte, der sich während ihrer Abwesenheit um Beatrice kümmerte. Minnie hatte jedoch versprochen, um vier Uhr zurückzukommen und Miß Beatrice eine Tasse Tee zu machen.

Inzwischen war Emily dabei, es ihrer Schwester im Wohnzimmer so gemütlich wie möglich zu machen. Sie saß in ihrem Rollstuhl neben dem Kamin, ein Buch auf ihrer Buchstütze und ihr Häkelzeug auf dem Schoß. In Reichweite war eine Schnur, mit der sie den Lichtschalter betätigen konnte, denn Beatrice konnte ihre Hände noch immer gebrauchen, während sie an den Beinen völlig gelähmt war. Diese Tatsache ermöglichte es ihr, mit ihrer zusätzlichen Behinderung, ihrer Stummheit, leichter fertig zu werden; sie konnte nämlich alles, was sie sagen wollte, auf ein Wachstäfelchen schreiben.

»Hast du jetzt auch wirklich alles, Beatrice?«

Beatrices Hand glitt langsam über das Wachstäfelchen.

»Ja. Mach nicht so ein Aufhebens. Geh«, schrieb sie.

»Ich lasse dich nicht gern allein; ich werde auf jeden Fall um sechs Uhr zurückkommen.«

Wieder setzte Beatrice ihre Hand in Bewegung.

»Nein. Um sieben. Mach dich auf den Weg.«

»Gut, dann bis um sieben — aber allerspätestens.« Sie gab ihrer Schwester noch einen Kuß, sah sich noch einmal um und eilte fünf Minuten später aufgeregt davon. Auf der Straße traf sie den Dienstmann Blake; er saß auf seinem Karren und wartete offensichtlich auf eine Ladung Waren von dem Eisenhändler an der Ecke. Crooky legte die Hand an seine verschlissene Mütze, grinste sie an und sagte: »Tag, Miß.« Emily lächelte zurück, weil sie eine höfliche Frau war, aber sie konnte den Dienstmann nicht besonders leiden. Er sah grob aus, und manchmal hatte er in seinen Augen ein Glitzern, das ihr Angst machte; außerdem wußte sie, daß er trank und das bedeutete im Hause Vinton schon, dem Teufel geweiht zu sein. Aber Emily eilte weiter und hatte ihn bald vergessen.

Als sie ankam, wurde schon an zwei Tischen Bridge gespielt; an dem einen Tisch saßen der Doktor selbst, Mrs. Willison, Catherine Beynard und der Pfarrer, an dem anderen Winifred Hexman, Mr. Carnaby, Mr. Willison und ein Freund der Familie.

»Da bist du ja, Emily, meine Liebe«, rief Mrs. Faundyce fröhlich. »Wir haben schon angefangen. Ich fürchte, heute werden wir nur drei Tische zusammenkriegen. Captain Hexman ist nicht gekommen, und Dr. Stopp auch nicht.«

»Das ist meine Schuld, fürchte ich«, sagte Winifred Hexman.

»Ich habe ihn mit Dr. Stopp zum Golf spielen geschickt, weil er bei Bridgeparties immer so ungeduldig ist und zu streiten anfängt.«

»Sehr vernünftig«, meinte Dr. Faundyce, »das ist auch viel besser für die Leber. Mein junger Partner wird langsam dick.«

»Mit Norris ist es genauso; ich meine, er konnte heute auch nicht kommen. Er brütete über irgendeiner langweiligen Abhandlung«, sagte Catherine Beynard.

»Da kommt ja Julia endlich«, rief Mrs. Faundyce. »Jetzt können wir Frauen endlich eine ernsthafte Partie Bridge spielen.«

Ernsthaft war vielleicht nicht das richtige Wort dafür, aber alle Beteiligten schienen sich zu amüsieren. Um halb sechs schließlich wurden leichte Getränke und Gebäck serviert. Kurz darauf gingen die Willisons nach Hause, und fünf Minuten später machte sich auch Winifred Hexman auf den Heimweg. Inzwischen war es dunkel geworden, und ein kalter Wind war aufgekommen; sie knöpfte ihren Mantel ganz zu, ging aber nicht schneller. Plötzlich hörte sie hinter sich eilige Schritte und jemand hakte sich bei ihr unter.

»Gott sei Dank, daß das vorbei ist«, hörte sie Cyril Carnaby sagen. »Win, ich wollte schon die ganze Zeit mit dir reden. Ich hatte schon befürchtet, du würdest gehen, bevor wir an unserem Tisch endlich mit der Partie fertig werden würden.«

Winifred Hexman lächelte in der Dunkelheit.

»Das hatte ich eigentlich nicht vor«, sagte sie leise.

Cyril Carnaby drückte ihren Arm.

»Ich liebe dich.«

»Du darfst so etwas nicht sagen.«

»Aber denken darf ich es doch?«

»Das wäre ein ziemlich nutzloser Zeitvertreib, fürchte ich.«

»Wirklich? Ich dachte . . . ich hatte eigentlich gehofft . . .«

Winifred schwieg. Sie war froh, daß die Dunkelheit den Ausdruck von Zweifel und Unentschlossenheit, der auf ihrem Gesicht lag, verdeckte.

»Du willst doch nicht etwa bei ihm bleiben? Ich dachte, du hättest dich entschlossen . . .«

»Ich kann ihn nicht verlassen; er hat Schwierigkeiten. Ich verstehe das einfach nicht. Dieser Detektiv aus London läßt ihn einfach nicht in Ruhe.«

»Aber das ist doch Unsinn. Du weißt doch, daß er deinen Vater nicht erschossen hat; du hast es mir doch selber gesagt.«

»Ja, das weiß ich. Aber sie haben dafür nur meine Aussage, und ich bin seine Frau.« Sie lachte bitter auf. »Außerdem handelt es sich nicht nur um Vater. Sie glauben, daß dieser Gannett auch ermordet wurde.«

»Ich habe so ein Gerücht gehört. Aber was hat das damit zu tun?«

»Man hat Georges Fingerabdrücke dort gefunden.«

»Du lieber Gott. Wieso . . .?«

»Dieser Dummkopf ist abends mal auf einen Drink zu ihm gegangen. Immer trinkt er mit Farmern. Jetzt versucht die Polizei zu beweisen, daß er in der Brandnacht dort war.«

»Aber er kann doch sicher beweisen, daß er nicht dort war? Wo war er denn?«

»Zu Hause. Wieder nur meine Aussage — und seine. Und das ist noch nicht alles. Dieser Myrtle denkt, daß Mr. Torridge auch ermordet worden ist.«

Der Anwalt blieb unvermittelt stehen.

»Torridge? Ermordet? Aber damit kann er doch unmöglich George in Verbindung bringen. Ich kann ja verstehen, daß Scotland Yard bei einer Mordserie alle Bekannten der Toten genau überprüfen muß, und im Falle deines Vaters mußte ihre Wahl auf George fallen. Aber nachdem er es ja nicht getan hat, können sie ihm auch nichts anhängen. So etwas gibt es nur in Romanen.«

»Ich weiß, aber — du verstehst doch, daß ich ihn jetzt nicht einfach im Stich lassen kann.«

»Vielleicht hast du recht. Aber Win, selbst wenn du jetzt, wo er in Schwierigkeiten ist, bei ihm bleiben willst, heißt das doch nicht, daß du ihn liebst. Es bedeutet doch nicht, daß du dich weiterhin an einen Mann binden mußt, den du nicht liebst.«

»Er ist in letzter Zeit ganz anders gewesen«, sagte Winifred leise. »Ich . . . Natürlich kann man das mit dem Schock erklären, aber er scheint wirklich zu versuchen, an mich zu denken anstatt nur an sich selbst.«

Carnaby schnaubte verächtlich.

»Er hat einfach die Hosen voll, das ist alles. Und überhaupt, was ändert das schon? Du liebst ihn doch nicht mehr, oder?«

»Ich fürchte, nein.«

»Ich hatte gehofft, du würdest anfangen, mich ein wenig gern zu haben.«

»Ich habe dich einmal geliebt, Cyril. Aber als du damals fortgingst, habe ich aus lauter Kummer den erstbesten attraktiven Mann geheiratet, der sich in mich verliebte. Und jetzt ist es zu spät.«

»Es ist noch nicht zu spät, Win, mein Liebling. Wir lieben uns, und ich werde dich gerade jetzt nicht aufgeben.«

Er hielt sie in seinen Armen, und als er seine Lippen gegen die ihren preßte, fühlte er, wie sie seinen Kuß erwiderte.

»Win, mein Liebling, komm mit mir. Niemand kann uns sehen.«

»O Cyril, ich kann nicht.«

»Warum nicht? George kommt frühestens in einer Stunde zurück.«

Sie antwortete nicht, sondern erschauerte in seinen Armen. Seine Stimme klang heiser, als er sie an sich preßte:

»Mein Liebling. Komm mit mir!«

Fünf Minuten, nachdem die Willisons und Winifred Hexman gegangen waren, begann Emily Vinton unruhig zu werden.

»Oh, es ist schon fünf vor sieben, und ich habe Beatrice versprochen, daß ich um sieben zurück bin. Ich muß jetzt wirklich gehen.«

»Ich begleite Sie, Miß Vinton«, meinte Dr. Faundyce eifrig.

»Ich gehe bei der Praxis vorbei und schaue nach, ob Dr. Stopp rechtzeitig zurückgekommen ist. Man kann sich heutzutage auf diese jungen Burschen nicht verlassen.«

Das war Frederick Stopp gegenüber üble Nachrede, denn in beruflichen Dingen war er äußerst gewissenhaft. Aber Mrs. Faundyce hatte ihm diesen Geleitschutz auferlegt. Emily selbst war das alles andere als unangenehm. Sie war nicht gern allein draußen, und die Straßen in ihrem ruhigen Stadtviertel waren nachts verlassen. Trotzdem protestierte sie höflich.

»Aber das ist doch ein meilenweiter Umweg für Sie, Doktor.«

Dr. Faundyce lachte.

»Höchstens eine halbe Meile. Nach dem langen Sitzen und Essen wird mir das guttun.«

Er begleitete sie bis zu der kleinen Auffahrt, die zum Haus ›Chestnuts‹ führte, wartete, bis sie das Haus sicher erreicht hatte, und machte sich dann auf den Heimweg.

Als Emily die Tür hinter sich geschlossen hatte, rief sie gleich zu Beatrice hinauf, daß sie wieder da sei. Wenig später ging sie hinauf, um Beatrice alles über die schönen Stunden zu erzählen. Als sie die Wohnzimmertür öffnete, blieb sie überrascht stehen; der Raum war dunkel. Beatrice mußte das Licht ausgemacht haben, um ein wenig zu schlafen. Als sie auf Zehenspitzen eintrat, sah sie, daß im Kamin helles Feuer brannte. Der Schein des Feuers spiegelte sich auf den Möbeln wider, der silbernen Teekanne, dem Gesicht ihrer Schwester . . .

Emily stockte vor Entsetzen der Atem.

Beatrices Augen waren weit geöffnet und starr; sie quollen aus einem Gesicht, das dunkel gefleckt war. Ihr Mund stand offen. Um ihren Hals lag irgend etwas Dunkles, daß ihr ins Fleisch schnitt.

In Emilys Kehle stieg ein Schrei auf, aber er wurde nie gehört. Um ihren Hals legten sich zwei Hände; Hände, die jeden Laut erdrückten und erstickten und Leben auslöschten.

19   Wo ist die Verbindung?

»So etwas Furchtbares habe selbst ich noch nicht gesehen«, sagte Chefinspektor Myrtle.

Er stand im Wohnzimmer des Hauses ›Chestnuts‹ und blickte auf die Leichen der zwei alten Damen. Sie waren auf brutale Weise erdrosselt worden; ihre Gesichter waren verzerrt, und in ihren Augen spiegelte sich noch das Grauen ihres gewaltsamen Todes wider. Neben ihm stand Inspektor Joss; er hatte geglaubt, jeden Anblick verkraften zu können, aber jetzt war ihm übel. Dr. Faundyce hatte seine Untersuchung gerade beendet und sah jetzt blaß und zitternd auf die Leichen seiner guten Freundinnen hinunter.

»Müssen sie fotografiert werden?« Er flüsterte es fast.

»Kann ich ihnen die Augen schließen?«

»Ich fürchte, damit müssen wir noch warten, Doktor, aber der Fotograf muß gleich hier sein. Es wird natürlich eine Obduktion nötig werden.«

»Vielleicht überlassen Sie das besser Dr. Stopp oder jemandem aus Snottisham. Ich möchte nicht noch einmal einen Fehler machen, wie Sie es mir bei Mr. Torridge vorgeworfen haben.«

»Ich werde mit Superintendent Kneller darüber sprechen, Sir. Können Sie mir ungefähr sagen, wann der Tod eingetreten ist?«

»Ich kann da nur sehr ungenaue Angaben machen. Miß Beatrice ist mit Sicherheit ein oder zwei Stunden früher gestorben als Miß Emily. Emily hat um sieben noch gelebt, muß aber kurze Zeit später gestorben sein. Und ich habe sie selbst hierhergebracht — in den Tod. Sie hat mich noch hereingebeten, aber ich wollte zurück zu meinem Abendessen und habe abgelehnt. Wenn ich mitgekommen wäre, würde sie jetzt noch leben. Mein Gott, wegen meiner Gier mußte die arme Frau sterben.«

»Jetzt übertreiben Sie aber, Doktor. Wenn Sie mitgegangen wären, wären Sie jetzt wahrscheinlich auch tot. Wir haben es hier mit einem richtigen Killer zu tun. Jedenfalls hilft uns ihre Zeitangabe weiter. Sie werden jetzt sicher nach Hause gehen wollen.«

Der alte Doktor murmelte einen Gruß und ging.

»Der arme Kerl! Es war ein furchtbarer Schock für ihn«, sagte Myrtle. »Ich wünschte, das Hausmädchen wäre hier.«

Minnie hatte die Leichen entdeckt, als sie gegen zehn Uhr nach Hause gekommen war. Sie hatte im Wohnzimmer das Licht eingeschaltet und sich dem grauenhaften Anblick gegenübergesehen, der später sogar zwei Beamte und einen Arzt erschüttert hatte. Das Mädchen war schreiend aus dem Haus gerannt und hatte gerade noch jemandem verworren davon berichten können, bevor sie zusammenbrach und man sie ins Krankenhaus bringen mußte.

»Haben Sie bei der Durchsuchung des Hauses etwas entdeckt? Wie er herein- oder herausgekommen ist?«

»Durch das Badezimmerfenster, Sir. Es stand offen; ich habe am Riegel Kratzer entdeckt, vielleicht finden wir auch Fingerabdrücke. Was halten Sie davon, Sir? Mir kommt das wie die Tat eines Verrückten vor.«

»Ich glaube, es gibt zwei Möglichkeiten: Entweder, all diese Morde sind das Werk eines wahnsinnigen Mörders, oder es gibt für alle ein tiefliegendes Motiv — ein tief- und wahrscheinlich zeitlich weit zurückliegendes Motiv. Auf die erste Möglichkeit werde ich wahrscheinlich Sie ansetzen; ich muß nach einer Verbindung zwischen diesen fünf Menschen suchen, die ermordet wurden. Wenn wir diesen Zusammenhang haben, dann werden wir auch den Mörder finden.«

Draußen hörte man ein Auto vorfahren, und wenig später traten der Chief Constable und Superintendent Kneller ein.

»Das ist eine scheußliche Sache, Myrtle«, sagte Major Statford.

»Mein Gott, kann man sie nicht zudecken? Gehen wir wenigstens in ein anderes Zimmer, während Sie mir Bericht erstatten.«

Der Beamte vom C.I.D. berichtete ihm, was er wußte.

»Aber was kann es zwischen diesen Opfern für eine Verbindung geben?« fragte Major Statford. »Ein Pfarrer, ein ehemaliger Colonel, ein betrunkener Farmer und zwei alte Damen.«

»Es waren alles angesehene Leute, Sir«, sagte Kneller.

»Angesehen? Gannett?«

»Er hat früher innerhalb der Gemeinde eine ziemliche Rolle gespielt; soweit ich mich erinnere, war er auch Geschworener.«

»Gut, aber wie ist es mit den beiden alten Damen? Die waren sicher nie bei Gericht, ebensowenig wie der Pfarrer. Wenn das der Fall gewesen wäre, hätte es vielleicht einen Hinweis geliefert — auf einen Racheakt oder dergleichen.«

»Da wäre noch etwas, Sir«, meinte Myrtle und zog aus seiner Tasche ein Buch. »Das habe ich bei der gelähmten Dame gefunden.«

Er blätterte mit seiner Pinzette vorsichtig ein paar Seiten um, bis er zu einer geschmacklosen Federzeichnung kam.

Der Chief Constable und Kneller beugten sich hinunter, um sie genauer anzusehen.

»Mein Gott, das ist ja noch eine Stufe niedriger als der Schund, den einem die Schlepper in Montmartre anzudrehen versuchen. ›Les Rêves de Fifinette‹ — Myrtle, daß ist einfach unglaublich, diese alte Dame soll . . .?«

»Ich bin sicher, daß sie es nie im Leben gesehen hat. Ich verstehe jetzt auch langsam die Sache mit dem Whisky bei Torridge. Das sieht nach Verunglimpfung aus. Betrachten Sie mal jeden Fall einzeln: Zuerst der Pfarrer, Tod durch Unfall wegen Trunkenheit — schockierend bei einem Pfarrer.«

»Aber von Trunkenheit war doch nie die Rede.«

»Nein, Sir, weil Dr. Faundyce niemandem von dem Whiskygeruch aus dem Mund des Pfarrers erzählt hat; und da er den Magen nicht geöffnet hat, werden wir nie erfahren, ob Mr. Torridge Whisky getrunken hat oder ob man ihn nach dem Tod damit übergossen hat. Dann Colonel Cherrington. Selbstmord wegen eines Erpresserbriefes. Man überläßt es uns festzustellen, weswegen er erpreßt wurde. Schließlich Gannett. Nun, den mußte man nicht mehr schlechtmachen, das hat er zu Lebzeiten selbst erledigt. Aber es war wieder ein Unfall, und wieder Alkohol.«

»Und bei der alten Miß Vinton ist es dieses schmutzige Buch?«

»Ja, Sir. Es scheint alles zusammenzupassen, nicht?«

»Ja, aber warum gerade diese fünf?«

Kneller schien nun die Zeit gekommen, seinen Beitrag zu leisten.

»Es könnte vielleicht mit der Kirche zusammenhängen, Sir. Da wäre der Pfarrer, Colonel Cherrington war sein Kirchenvorsteher, und die zwei alten Damen scheinen sehr religiös gewesen zu sein.«

»Ich werde mich morgen einmal mit dem zweiten Kirchenvorsteher darüber unterhalten«, meinte Myrtle. »Jedenfalls müssen wir den Zusammenhang schnell finden, denn es könnte ja eine Gruppe von mehr als fünf Personen sein. Wenn Sie gestatten, Sir, würde ich Inspektor Joss noch eine andere Möglichkeit untersuchen lassen: Es könnte sich bei dem Täter ja um einen Wahnsinnigen handeln.«

Nachdem sich die Beamten auf ihr weiteres Vorgehen geeinigt hatten, machte man sich auf den Heimweg.

Bevor Myrtle ging, sah er sich mit Joss noch im Wohnzimmer um. Er hatte schon festgestellt, daß die Tat mit Vorhangschnüren ausgeführt worden war, die der Täter im Zimmer abgeschnitten hatte.

»Das muß er getan haben, als er allein war«, meinte Joss.

»Nein, ich glaube, er hat es vor den Augen der alten Dame getan. Sie war doch stumm.«

»Ein scheußlicher Gedanke. Aber sie hatte doch eine Klingel!«

»Das Mädchen muß außer Haus gewesen sein.«

»Und das hat er gewußt. Wenn wir nur Fingerabdrücke finden könnten. Es scheint überhaupt keine Hinweise zu geben.«

»Da fällt mir ein, Joss, ich hatte Sie doch gebeten, sich noch einmal mit dem eigenartigen Schrank unter der Treppe bei Hexmans zu beschäftigen. Haben Sie dafür schon Zeit gefunden?«

»Ja, Sir. Ich konnte nur eines feststellen: Der Schrank ist erst nachträglich eingebaut worden.«

»Sehr interessant; alles deutet bei diesen Mordfällen auf einen

Täter aus dem Ort hin. Konnten Sie feststellen, wer den Schrank eingebaut hat?«

»Ja, ich habe die Köchin danach gefragt. Es war Barton. Der große Bauunternehmer im Ort. Natürlich hat er es nicht selber getan. Sie hat mir alles über den alten Zimmermann erzählt, der ihn eingebaut hat. Ein richtiger Kauz, erzählte sie; hat die ganze Zeit kein Wort gesagt. Es war ein alter Mann namens Ebenezer Creech.«

20   Joss' Ermittlungen

Inspektor Joss war hocherfreut darüber, daß er seine eigenen Ermittlungen durchführen durfte, vor allen Dingen, weil er sicher war, daß sie in die richtige Richtung gingen. Bevor er aber daran gehen konnte, irgendeine Spur zu verfolgen, mußte die übliche polizeiliche Routinearbeit erledigt werden. In diesem Fall mußte man feststellen, wer am Vortag in der Zeit zwischen vier und acht Uhr in der Nähe des Hauses ›Chestnuts‹ gesehen worden war. Er verbrachte also den Mittwochmorgen damit, zusammen mit den Polizisten Bridger und Batt in allen Häusern und Geschäften der Gegend nachzufragen. Unter den Leuten, die in der Nähe des Hauses gesehen worden waren, war kein Fremder, man hatte niemanden das Haus betreten sehen, und niemand hatte etwas Verdächtiges beobachtet — abgesehen von zwei Bengeln, die gesehen haben wollten, daß Crooky Blake irgendwann nach sechs vor dem Haus gelauert habe. Auf die Frage hin, was sie bei gelauert meinten, gaben sie zu, daß er eigentlich nur die Straße hinuntergegangen wäre. Sie erklärten aber, daß er sich auf höchst verdächtige Weise verstohlen umgesehen habe.

Joss entschloß sich, nicht gleich alle Personen, die genannt worden waren, zu verhören, sondern erst mit Inspektor Heskell zu sprechen, um dann vielleicht den Kreis der Verdächtigen einzuschränken. Joss erklärte Heskell die Theorie über den wahnsinnigen Mörder, der vielleicht in religiösem Wahn gehandelt hatte oder aus Haß gegen die Gesellschaft. Religiöse Fanatiker waren Heskell keine bekannt, aber er riet Joss, sich vielleicht einmal mit dem Küster Josiah Chell näher zu befassen. Was Mord aus Haß gegen die Gesellschaft anbetraf, so gab es laut Heskell in Great Norne eigentlich nicht viel Gesellschaft. Es gab natürlich ein paar besser gestellte Leute wie den Richter und Colonel Cherrington, aber er konnte sich nicht vorstellen, daß die Leute in Great Norne etwas gegen sie hatten. Und dann war da noch dieser Ausländer, der sich Dienstmann nannte — ein jähzorniger Trunkenbold, wie Heskell meinte. Diesen Blake, so sagte er, sollte man im Auge behalten.

Nach dem Mittagessen machte sich Joss auf den Weg nach St. Martha, wo er auf den Küster traf. Chell, der einen Arm in der Schlinge trug, überwachte gerade angestrengt einen kräftigen Arbeiter, der ein Grab aushob.

»Für wen ist denn das?« fragte der Detektiv.

»Für die alten Vintons«, antwortete Josiah, »die, die gestern nacht abgekratzt sind.« Der Küster kicherte hämisch. »Das wird den Würmern nicht so gut munden wie der Happen da drüben«, sagte er und machte eine Kopfbewegung hinüber zu dem Grabkreuz mit dem Namen Ellen Barton. Das mußte die Frau des Bauunternehmers sein, dachte Joss bei sich.

»Sind das die Gräber von Mr. Torridge und dem Colonel?« fragte Joss und deutete auf zwei benachbarte Grabstellen. »Oder ist eines davon Mr. Gannetts?«

»Ne, der liegt im neuen Teil — hier ist reserviert für die erste Klasse. Und allmählich wird es hier ziemlich voll.«

Er machte Anstalten, sich die Hände zu reiben, verzog dann aber das Gesicht, als schmerze ihn sein Arm.

»Was haben Sie denn da gemacht?«

»Ich hab' mir den Arm verstaucht. Verdammtes Pech. Kostet mich eine Stange Geld — Jim kriegt all meine Beerdigungen.«

»Zeigen Sie mir doch mal, wo Mr. Gannett liegt«, sagte Joss. Als sie außer Hörweite waren, blieb Joss stehen.

»Konnten Sie eigentlich den Pfarrer und den Colonel leiden?«

»Es waren feine Herren; steht mir nicht zu, die zu mögen oder nicht zu mögen.«

»Na hören Sie mal, wir leben doch nicht im Mittelalter! Ich habe gehört, daß der Colonel ein Leuteschinder war.«

»Weiß ich nicht. Knickrig genug war er ja. Und recht konnte man es ihm auch nie machen. Beim Colonel war nicht viel los, von wegen Milch der frommen Denkungsart.«

»Und wie war das mit dem Pfarrer?«

»Der hat es gutgemeint. Er war ziemlich aufgeblasen, obwohl er immer gesagt hat: ›Wer sich selbst erniedrigt, der wird erhöht.‹ Na ja, ich schätze, er ist mit dem Erniedrigen früh fertig geworden und hat sich dann nur noch erhöht.«

»Sie mochten also beide nicht besonders?«

»Was soll das alles? Sie sind ja reichlich neugierig.«

»Es interessiert mich eben. Ich dachte mir, daß Sie mir am meisten über den Pfarrer und den Kirchenvorsteher erzählen könnten. Und über die alten Damen, die waren doch auch Kirchgänger, oder? Und Gannett?«

»Ja, die zwei gehörten zur Herde der Schäflein. Gannett hat sich hier die letzten zwanzig Jahre nicht blicken lassen.«

Joss gefiel das, was er gesehen und gehört hatte, nicht besonders, aber abgesehen von einer Schwäche für schwarzen Humor schien bei Chell nichts auf Geisteskrankheit oder Bösartigkeit hinzudeuten.

Die Suche nach Blake erwies sich als schwieriger, und es dämmerte schon, als er in der Nähe des Hafens endlich die alte Holzhütte fand, in der Blake hauste. Er klopfte.

»Mr. Blake? Ich würde gern mit Ihnen sprechen.«

»Kommen Sie rein.«

Der Raum war größer, als Joss erwartet hatte, schien aber der einzige im Haus zu sein. In einer.Ecke neben dem Kamin saß eine alte Frau, die ihn mit lebhaften Augen beobachtete. Der Dienstmann selbst war ein kräftig gebauter Mann, nicht besonders groß, und er hatte eine mißgebildete Schulter, die ihn fast wie einen Buckligen aussehen ließ. Sein Gesicht war wettergegerbt, und wenn er grinste, zeigte er eine Reihe abgebrochener und verfärbter Zähne; aber auch seine Augen waren lebhaft und funkelten schelmisch.

»Sie sind doch Inspektor Joss, nicht?«

»Ja, aber . . .«

»Dann trinken Sie mit meiner Mutter und mir eine Tasse Tee.«

Joss nahm dankbar einen tiefen Schluck. Der Tee war kräftig mit Gin abgeschmeckt.

»Wie Sie wissen, bin ich Polizist, und ich muß Sie fragen, was Sie gestern gemacht haben. Zwei alte Damen sind bekanntlich ermordet worden, und man hat Sie in der Nähe des Hauses gesehen.«

»Wann ist es passiert?«

»Die Fragen stelle ich, Blake.«

»Wie soll ich denn wissen, was Sie hören wollen? Ich bin ein paarmal da vorbeigekommen, ich bin doch Dienstmann. Gestern — warten Sie. Morgens war ich da und habe Mr. Perks einen Koffer gebracht. Am Nachmittag war ich am Ende der Straße und habe vom Eisenhändler eine Ladung Waren abgeholt. An dem Haus bin ich dabei nicht vorbeigekommen, aber in der Straße war ich.«

»Wann war das?«

»Ich hab' zwar keine protzige Uhr oder so, aber es muß so um Viertel nach drei gewesen sein. Aber sie hatten das Zeug noch nicht fertig, und ich hab' noch ungefähr eine halbe Stunde warten müssen. Da fällt mir ein, ich hab' ja eine von den zwei Alten vorbeigehen sehen, als ich gewartet hab'.«

»War sie allein? Haben Sie noch jemanden gesehen?«

»Nein, sie war allein. Ein paar Leute waren immer auf der Straße, aber an alle kann ich mich nicht erinnern.«

»Waren Sie danach noch einmal in der Straße?«

Blake schüttelte den Kopf, und Joss' Interesse war geweckt.

»Warten Sie — ich bin am Abend noch mal bei Mr. Coote gewesen, um ihm zu sagen, daß sein Paket noch nicht da ist. Der alte Knabe hat einen ziemlichen Wirbel gemacht, und deshalb bin ich noch mal zum Bahnhof gegangen, um nachzufragen. Aber dann habe ich völlig vergessen, ihm Bescheid zu sagen, und es ist mir erst so gegen — na, ich schätze so gegen sieben wieder eingefallen.«

Das würde man natürlich überprüfen müssen. Der Zeitpunkt war bedeutsam.

»Ist Ihnen da jemand begegnet?«

»Nicht daß ich wüßte.«

»Denken Sie gut nach, Blake — es ist wichtig. Jetzt noch zu letztem Mittwoch, als es bei Gannett gebrannt hat. Wo waren Sie da?«

»Das weiß ich noch genau. Wir waren im ›Silver Herring‹ und haben uns über die Sache mit dem Colonel unterhalten. Um welche Zeit handelt es sich denn?«

»Sagen wir, um die Zeit von sieben bis acht.«

»Ich muß so kurz vor acht gegangen sein. Ich wollte eigentlich noch zu Mr. Winch, aber dann war ich doch ziemlich wacklig auf den Stelzen und hab' in meinem Karren ein Nickerchen gemacht. Das Feuer hab' ich aber noch gesehen, bevor ich eingedöst bin.«

Das würde Plett vielleicht bestätigen können — allerdings war der wieder zurück in London.

»Schön, Mr. Blake, erinnern Sie sich jetzt vielleicht noch an den 18. November, als Mr. Torridge gestorben ist?«

Einen Augenblick lang schaute Blake beunruhigt oder zumindest überrascht; er fing sich aber schnell wieder.

»Sie haben's aber mit Todesfällen. Da wäre an Michaelis noch die alte Mrs. Codling gestorben. Möchten Sie vielleicht auch wissen, wo ich an dem Tag war?«

Joss lächelte höflich.

»Nein, Blake, mich interessiert nur der Pfarrer. Wo waren Sie in der Nacht?«

»Um welche Zeit?«

Diese Frage allerdings war ein Schlag ins Kontor. Er wußte nicht, um welche Zeit der Pfarrer gestorben war, und es war ein grober Schnitzer, daß er sich darüber keine Klarheit verschafft hatte. Mit einer Angabe wie ›nach Einbruch der Dunkelheit‹ konnte er Blake unmöglich festnageln. Im Fall des Colonels hatte er ebensowenig Erfolg. Diesmal wußte er zwar die Zeit — zwischen 23 und 23.30 Uhr — aber der Dienstmann erklärte, daß er, soweit er sich erinnern könnte, um die Zeit im Bett gewesen sei. Und wer konnte das schon nachprüfen?

Nachdem er den Mann jetzt so gründlich über die fraglichen Nächte verhört hatte, konnte er es sich sparen, ihn über sein Verhältnis zu den einzelnen Personen zu befragen. Wenn er etwas zu verbergen hatte, war er jetzt sowieso gewarnt. Joss dankte ihm also für seine Auskünfte und trat hinaus in die Dunkelheit.

Als er ein paar Schritte gegangen war, merkte er, daß Blake ihm gefolgt war.

»Inspektor, Sie haben mir da ein paar sehr unangenehme Fragen gestellt«, sagte der Mann. »Ich habe ein Recht zu erfahren, was Sie von mir wollen.«

In seiner Stimme lag ein rauher Ton, der Joss gar nicht gefiel. Er wurde sich der Tatsache bewußt, daß er sich in einer sehr einsamen Gegend befand.

»Ich will gar nichts von Ihnen«, meinte er herzlich. »Wir werden noch eine ganze Menge Leute befragen, bevor wir herausfinden werden, wer hinter all diesen Morden steckt. Ich hoffe, meine Fragen haben Ihre Mutter nicht aufgeregt.«

»Meine . . . ach, Sie meinen die alte Ma Hirdle. Jansy Hirdle heißt sie. Sie ist nicht meine Mutter, nur eine Nachbarin. Aber eine gute Nachbarin. Und eine gute Freundin von Crooky Blake.«

21   Eine Welle der Angst

Die Nachricht vom schrecklichen Tod der Vintons verbreitete sich in Great Norne wie ein Lauffeuer. Der ersten Aufregung folgte ein Gefühl des Grauens, das dann durch nackte Angst verdrängt wurde, als man sich der Bedeutung dieses Mordes bewußt wurde. Alle anderen Todesfälle hatte man entweder mit Unfall oder Selbstmord begründen können, aber diesmal handelte es sich um Mord — um brutales, sinnloses Hinschlachten. Dafür konnte es nur eine Erklärung geben: In der Stadt lief ein wahnsinniger Killer frei herum, der für die Polizei zu klug war, für seine Opfer zu stark und zu brutal, um mit irgend jemand Mitleid zu haben. Wer war vor ihm noch sicher? Wer würde das nächste Opfer sein?

Den Bürgern von Great Norne fehlte der kühle, geschulte Verstand des Scotland Yard Detektivs, der schnell gemerkt hatte, daß zwischen den Morden ein Zusammenhang bestehen mußte. Ihnen war nur klar, daß im Ort der Tod umging und mit sinnloser, aber brutaler Sicherheit zuschlug.

Wozu hatte man eigentlich dieses ganze Polizeiaufgebot im Ort, wenn man es nicht einmal fertigbrachte, unschuldige, harmlose Männer und Frauen in dieser friedlichen, stillen Stadt zu beschützen?

An diesem Morgen wurde in Great Norne wenig gearbeitet. Man unterhielt sich mit den Nachbarn, froh über den Anblick eines freundlichen Gesichts; doch, wen konnte man jetzt eigentlich noch mit Sicherheit freundlich nennen? Frauen schlossen sich zusammen, um keinen Moment allein zu sein, und sie ließen auch ihre Kinder nicht mehr unbeaufsichtigt. Die Männer waren nicht viel mutiger. Ihr Leben war so ereignislos verlaufen, daß Gefahr für sie fast ein Fremdwort war, und deshalb mangelte es ihnen in dieser Situation auch an der nötigen Abenteuerlust.

Selbst die sonst immer so fröhliche und lebhafte Mrs. Faundyce hatte das Ereignis völlig aus dem Gleichgewicht gebracht. Mary Faundyce war eine intelligente Frau, aber sie sah in diesen Morden ebensowenig Sinn wie alle anderen; es konnte sich nur um einen Wahnsinnigen handeln. Auch von ihrem Mann erhielt sie keinen Trost; sie konnte ja nicht wissen, daß er sich seit Tagen Vorwürfe machte, weil er im Fall Torridge Beweismittel zurückgehalten hatte. Er hatte das Gefühl, daß man das Leben dieser Männer und Frauen hätte retten können, wenn er damals gesagt hätte, was er entdeckt hatte.

Auch über Monks Holme hatte sich wieder eine dunkle Wolke düsterer Stimmung gelegt. Hier war der Grund nicht nur die schockierende Tragödie, die sich ereignet hatte, sondern auch private Schwierigkeiten. Winifred wurde von Gewissensbissen und einem Gefühl der Ungewißheit geplagt, und dieser Zustand wurde durch die geradezu unanständige Heiterkeit, die sie ergriffen hatte, keinesfalls erleichtert. Sie wußte jetzt selbst nicht, wie sie sich ihre Zukunft vorstellte. Sie war von einer Leidenschaft mitgerissen worden, die sie lange unter Kontrolle zu halten versucht hatte. Ihrem Mann gegenüber fühlte sie zugleich Scham und Zorn; ihr Gewissen drängte sie, ihm zu sagen, was passiert war, aber ihr angeborenes Schamgefühl hielt sie davon ab. Das Ergebnis dieses Zwiespalts war, daß sie abwechselnd rücksichtsvoll, mürrisch, liebevoll oder aufbrausend zu ihm war, so daß der geplagte Mann bald gar nicht mehr wußte, woran er mit ihr war.

Für George Hexman war das eine bittere Enttäuschung. Nach dem vielversprechenden Gespräch am Samstag zuvor konnte er nicht verstehen, was seine Frau jetzt so aus dem Gleichgewicht gebracht hatte; ob es diese schreckliche Sache mit den Vintons war — die ihnen schließlich persönlich wenig bedeutet hatten — oder ob es seine eigenen Fehler waren, die vielleicht unbemerkt wieder aufgetaucht waren und sie verstimmt hatten? Er hätte sich gern bei einem Gläschen mit jemandem ausgesprochen, aber er wollte Winifred nicht noch mehr verärgern, und so versteckte er sich trübsinnig hinter seiner Zeitung und verbrachte seine Tage damit, sich jenen ziellosen Depressionen hinzugeben, die das Privileg eines jeden Müßiggängers sind.

Natürlich gab es in Great Norne auch Leute, die sich von den mysteriösen Ereignissen und beunruhigenden Gerüchten nicht beeindrucken ließen. Ebenezer Creech tat seine Arbeit und verschwendete keine Minute darauf, sich mit jemandem über das Geschehene zu unterhalten. Als er nach Hause kam, wusch er sich und widmete sich dann dem kräftigen Essen, das ihm sein treues Eheweib — Mord hin oder her — zubereitet hatte. Nach dem Essen und seinem Verdauungspfeifchen erhob sich Eb, ging langsam zur Tür und nahm seine Handschuhe und seinen Mantel vom Garderobenhaken.

»Ebenezer Creech! Du willst doch wohl nicht heute nacht ausgehen, und die Mädchen und ich werden in unseren Betten ermordet?«

Ein Schwall von Worten ergoß sich über den alten Mann, wobei seine Frau um ihn ebensoviel Angst hatte wie um sich. Er zog sich langsam an, öffnete die Tür und drehte sich dann zu seiner Frau herum.

»Bin um acht zurück«, sagte er und ging hinaus in die Dunkelheit. Bei zwei stämmigen Mädchen und zwei beherzten Nachbarn hatte er um seine Frau keine Angst. Und was ihn selbst anlangte — nun, es brauchte schon mehr als einen wahnsinnigen Mörder, um ihn von seinem abendlichen Glas Bier im ›Silver Herring‹ abzuhalten.

Jansy Hirdle war aus demselben Holz geschnitzt. Ihr freundlicher Nachbar Nat Blake — nur Jansy nannte ihn Nat — hatte ihr von den Gerüchten erzählt, die in der Stadt umgingen, und er hatte ihr auch von den zwei alten Hennen erzählt, denen man in der Nacht zuvor den Hals umgedreht hatte. Aber Ma Hirdle war zu alt, um sich über den Tod Sorgen zu machen. Es war nicht anzunehmen, daß jemand sich die Mühe machen würde, eine alte Frau wie sie umzubringen. Und selbst wenn, was machten bei ihren achtzig Jahren schon ein oder zwei Jahre weniger? Und außerdem hatte sie ja Nat; ein netter Junge, der alles für sie tat und der ihr versprochen hatte, daß sie wie eine Lady anständig aufgebahrt und dann verbrannt werden würde.

Während Jansy Hirdle ihren Gedanken nachhing, verfolgte Crooky durch Wind und Regen in sicherem Abstand Inspektor Joss. Er wollte sicher sein, daß der Detektiv wirklich ging und nicht etwa zurückkam und seine Nase in Dinge steckte, die ihn nichts angingen. Niemand hat es gern, wenn ein Polizist Fragen stellt und herumschnüffelt, und am allerwenigstens konnte es Crooky leiden, dessen Tätigkeiten nicht nur die eines Dienstmannes umfaßten und der unter allen Umständen vermeiden wollte, daß in sein hölzernes Schloß am Hafen feindliche Amtspersonen eindrangen. Er war bereit, ziemlich weit zu gehen, um das zu verhindern.

Aber Joss war auf direktem Weg in die Stadt, und schließlich kehrte Crooky um und machte sich auf den Weg in seine zweite Heimat — den ›Silver Herring‹. Die Kneipe war auffallend leer. Eb Creech ließ sich gerade auf seinem Stammplatz nieder, hinter ihm saß Charlie Trott, der Postbote, und sonst waren nur ein paar Fischer da.

»Wo wird das alles enden?« fragte Trott, als Blake eintrat.

»Bei den Würmern, wie Josh sagen würde«, meinte Crooky grinsend. »Wo stecken denn heute alle?«

»Die meisten sind bei ihren Frauen geblieben«, meinte die Tochter des Wirts, »und da haben sie verdammt recht.«

»Und was ist mit diesem Plett, diesem Elektriker?«

»Elektriker?« sagte Blake, »ich schätze, der ist ein Polyp.«

Alle starrten ihn entgeistert an.

»Was? Der?« fragte der Wirt. »Wie kommst du denn darauf?«

»Ich weiß nicht. Aber wenn einer freiwillig zwei Stunden auf der Polizeiwache verbringt, zähl ich zwei und zwei zusammen — und das gibt Polyp.«

Die Tür flog krachend auf, und inmitten einer Wolke von Wind und Regen tauchte ein bleicher Josiah Chell auf.

»Heiliger Strohsack! Gebt mir schnell einen Schnaps! Gerade ist einen Meter neben mir eine riesige Schornsteinkappe auf die Straße gekracht!«

Und so schlugen über den Dächern von Great Norne nicht nur Wind- und Regenböen zusammen, sondern auch eine Welle der Angst. Frauen klammerten sich angstvoll aneinander, während die

Männer, die fast genausoviel Angst hatten, versuchten, sie mit beherzten Worten aufzurichten. Und unterdessen lag irgendwo in der Dunkelheit der Tod auf der Lauer, wählte ein neues Opfer aus und machte sich daran, seinen perfekten Plan zu vollenden.

22   Schmutzige Wäsche

Myrtle war inzwischen fest davon überzeugt, daß der Schlüssel zur Lösung des Falles im Tod von Hochwürden Theobald Torridge lag. Er war sicher, daß der Pfarrer ermordet worden war. Es machte ihn wütend, daß ihm dank Dr. Faundyce jeder Beweis dafür fehlte. Allerdings hatte er die Hoffnung, daß es vielleicht nicht nötig sein würde, den Mord an Mr. Torridge vor einem Gericht zu beweisen; wenn es sich bei dem Mörder um einen Mehrfachtäter handelte, genügte es, ihm einen Mord nachzuweisen. Er wollte sich über diesen Punkt allerdings selbst Gewißheit verschaffen, um sicher zu sein, daß er seine Theorien auf der richtigen Voraussetzung aufbaute.

Myrtle beschloß deshalb, mit jemand zu reden, der den Pfarrer gut gekannt hatte, und er brauchte nicht lange, bis er für diesen Zweck die richtige gefunden hatte — nämlich das Hausmädchen von Mrs. Torridge. Jane Hollyer war ziemlich überrascht, als Myrtle am nächsten Morgen vor ihrer Tür stand und ihr seine Dienstmarke zeigte. Sie bat ihn aufgeregt herein, und sie wurde noch aufgeregter, als er ihr den Grund seines Besuches mitteilte.

»Miß Hollyer, ich muß Ihnen einige Fragen über Ihren verstorbenen Chef stellen. Erschrecken Sie nicht, aber ich fürchte, Mr. Torridges' Tod war kein Unfall. Sie wissen ja sicher, daß es hier in letzter Zeit einige mysteriöse Todesfälle gegeben hat. Wir müssen uns leider mit diesen Fällen gründlich beschäftigen, auch wenn wir manchem damit Kummer bereiten. Zuerst nur eine Frage: Hat der verstorbene Pfarrer Whisky getrunken?«

»Whisky? Der Pfarrer! Niemals!«

Das Wort Whisky schien sie offenbar mehr zu schockieren als eine mögliche Mordtat. Sie hatte Mühe, ihre Empörung zu verbergen. »Er hat in zwanzig Jahren nicht einen einzigen Schluck von diesem widerlichen Zeug getrunken.«

»Hat er auch keinen Whisky mitgenommen, wenn er einen Kranken besucht hat?«

»Nein. Er war absolut gegen Alkohol.«

»Sind Sie da ganz sicher? Wir alle täuschen uns ja manchmal in unseren Mitmenschen. Ich muß Ihnen leider sagen, daß man bei dem verstorbenen Mr. Torridge die Überreste einer Flasche gefunden hat und daß er danach gerochen hat. Wie erklären Sie sich das?«

Der ungläubige Ausdruck des Entsetzens auf Jane Hollyers Gesicht wirkte überzeugend.

»Das kann ich einfach nicht glauben! Wenn er eine Schwäche gehabt hätte, dann hätte ich das doch gemerkt. Schließlich lernt man einen Menschen doch kennen, wenn man sich zwanzig Jahre lang um ihn kümmert.«

Myrtle hatte das Gefühl, daß man die Aussage des Hausmädchens als Beweis dafür bezeichnen konnte, daß man dem Pfarrer den Whisky zugesteckt hatte, um ihn, wie Myrtle das genannt hatte, zu ›verunglimpfen‹. Jetzt glaubte er fest daran, daß die einzelnen Mordfälle miteinander zusammenhingen, und er nahm sich vor, als nächstes das Verbindungsglied zwischen den einzelnen Opfern zu finden. Er begab sich zunächst, wie er es am Vorabend angekündigt hatte, zum zweiten Kirchenvorsteher, dem Eisenhändler Samuel Coote.

Mr. Coote, eine rundliche und unglaublich würdevolle Gestalt, empfing Myrtle zwar eifrig, war aber wenig hilfreich. Er hörte sich mit wachsender Besorgnis Myrtles Theorie von einer Verbindung zwischen den Mordfällen an, versicherte ihm dann aber eilig, daß er keinerlei Grund zu einer solch schrecklichen Vermutung sehe. Er selbst sei ja erst seit fünfzehn Jahren im Ort; er hätte zwar gehört, daß es drei oder vier Jahre vor seiner Ankunft irgendeine dumme Geschichte gegeben habe, wolle sich aber dazu nicht äußern, weil er nur von anderen darüber gehört hatte.

»Wenn irgendwo schmutzige Wäsche gewaschen wird, Chefinspektor, mach ich nicht gern mit, wenn ich keine Tatsachen in der Hand habe. Vielleicht reden Sie am besten mit dem Friedensrichter. Der soll alles über die Geschichte wissen, und dem können Sie vertrauen.«

Myrtle hatte zwar von dem Friedensrichter gehört, war Mr. Beynard jedoch nie persönlich begegnet. Er dankte dem Eisenhändler und bemerkte amüsiert, wie erleichtert der kleine Mann war.

Myrtle borgte sich Heskells Wagen und kam noch vor Mittag am Manor House an, das außerhalb der Stadt, noch hinter der abgebrannten Manor Farm lag. Dort führte ihn ein ziemlich heruntergekommener Butler sogleich in das Arbeitszimmer des Friedensrichters. Norris Beynard saß hinter einem großen Schreibtisch, auf dem sich eine chaotische Ansammlung von Büchern, Papieren, Umschlägen und Schreibzeug befand.

»Kommen Sie herein, Chefinspektor«, sagte er. »Ich kenne Sie vom Sehen, obwohl ich noch nicht das Vergnügen hatte, Sie kennenzulernen. Vergnügen ist wohl nicht das rechte Wort für Ihren Besuch in unserer Stadt — es sind hier ja schreckliche Dinge geschehen. Aber ich bin sicher, Sie sind nicht wegen mir gekommen. Ich bin ein hoffnungsloser Träumer. Sie müssen mir sagen, wie ich Ihnen helfen kann.«

Myrtle hielt sich nicht lange mit Vorreden auf und erklärte dem Friedensrichter seine Theorie, die dieser zu seiner Überraschung sofort akzeptierte.

»Das scheint eine ganz logische Schlußfolgerung zu sein, Chefinspektor«, sagte er, »wenn feststeht, daß der Tod des armen Mr. Torridge kein Unfall war. Ihr Verdacht scheint mir nur zu begründet, wenn man bedenkt, daß auch Beatrice und Emily Vinton eng mit der Kirche verbunden waren.«

»Das Problem ist Mr. Gannett. Er scheint einfach nicht zu meiner Kirchentheorie zu passen.«

»Ganz im Gegenteil! Gannett war früher ein angesehener Mann und jahrelang Mitglied des örtlichen Kirchenrats.«

Myrtles Augen blitzten aufgeregt.

»Das scheint ja genau in mein Bild zu passen! Aber was liegt all dem bloß zugrunde?«

»Ich fürchte, dahinter steckt eine furchtbare Tragödie, und ich mache mir jetzt Vorwürfe, weil mir das nicht schon früher klargeworden ist. Wenn ich mich nicht immer hinter meinen Büchern vergraben würde, hätte ich vielleicht voraussehen — möglicherweise sogar verhindern — können, was gestern geschehen ist. Chefinspektor, hat man Ihnen die Geschichte von Emily Barton erzählt?«

»Nur kurz, Sir. Ich weiß, daß Mr. Barton seine Frau vor vielen Jahren unter tragischen Umständen verloren hat. Genaues ist mir darüber nicht bekannt.«

»Dann muß ich Ihnen die Geschichte erzählen. Richard Barton hat schon als junger Mann das Geschäft seines Vaters geerbt und erfolgreich geführt. Damals hatte er viele Freunde, aber als der Krieg kam und er kein Soldat werden wollte, büßte er einen großen Teil seiner Beliebtheit ein. Er war ein stolzer Bursche, und die Tatsache, daß viele ihn damals kühl behandelten, hat ihn ziemlich mitgenommen. Im Alter von etwa siebenundzwanzig hat er dann eine gewisse Ellen Vaughan geheiratet. Zuerst war die Ehe recht glücklich, aber nach etwa einem Jahr wurde Richard immer eifersüchtiger. Die Soldaten auf Heimaturlaub liefen jedem hübschen Mädchen nach, und Ellen war außerordentlich hübsch. Sie hatte ziemlich jung geheiratet, und deshalb ist ihr wahrscheinlich die ganze Bewunderung, die man ihr entgegenbrachte, zu Kopf gestiegen. Barton hatte dafür überhaupt kein Verständnis. Bald fing er an, sie zu tyrannisieren; eine Zeitlang hat sie ihm ja die Stirn geboten, aber dann machten ihre Nerven das nicht mehr mit. Etwa ein Jahr lang hat sie sich völlig aus dem gesellschaftlichen Leben zurückgezogen — das hat zwar ihren Mann besänftigt, aber sie wurde unglücklich dabei. Dann kam kurz nach Kriegsende — 1919 oder 1920 — ein junger Marinesoldat nach Great Norne. Er verliebte sich in Ellen, und sie sich in ihn. Richard Barton war sehr streng erzogen worden. Sein Vater war ein geradezu fanatischer Anhänger der Kirche gewesen, und der Sohn schlug ganz dem Vater nach. Als der Krieg kam, wurde er Mitglied des Kirchenrats, und er nahm sein Amt sehr ernst. Damals war ich selbst Mitglied, daher kenne ich ihn. Zurück zu Ellen — sie verliebte sich also in diesen jungen Matrosen, und es gab schrecklichen Ärger. Ich weiß nicht, wie weit die Sache gegangen ist, und ob man ihn sozusagen in flagranti ertappt hat, weiß ich nicht; aber Barton brachte die Angelegenheit vor den Kirchenrat; ein höchst unkluger und sogar falscher Schritt, meiner Meinung nach.«

»Wenn ich Sie einen Moment unterbrechen darf, Sir«, sagte Myrtle, »wie hieß dieser Matrose?«

»Ich fürchte, den Namen weiß ich nicht mehr. Bentham? Benbow? Irgend so ein Name. Wie das so oft vorkommt — er hat seinen Spaß gehabt und überließ sie dann ihrem Schicksal. Und was für einem Schicksal! Sie bekam die Hand der Kirche in ihrer vollen Härte zu spüren. Ich muß gestehen, daß es mich angewidert hat; alles erschien mir im höchsten Maße unchristlich.«

Der Richter schwieg einen Moment und spielte nervös mit einem Blatt Löschpapier.

»Barton brachte also die Sache vor den Kirchenrat und fragte, ob man es seiner Frau gestatten sollte, in Zukunft noch das Sakrament zu empfangen. Mein Lieber, es war die peinlichste und erschreckendste Sitzung, die ich je mitgemacht habe. Ich wäre am liebsten einfach gegangen, aber ich glaubte, daß ich vielleicht vermitteln könnte. Aber ich hatte keine Chance; Torridge war gleich Feuer und Flamme, und Cherrington hat ihn noch bestärkt. Beatrice Vinton war fast genauso schlimm, und ein oder zwei Leute haben dann ihr Fähnlein nach dem allgemeinen Wind gerichtet. Ich fürchte, ich habe zu spät protestiert; zum guten Redner mangelt es mir einfach an Selbstvertrauen. Ich stand jedenfalls mit meiner Meinung allein auf weiter Flur, und alles endete damit, daß Torridge Barton den offiziellen Rat gab, seine Frau solange nicht zum

Abendmahl gehen zu lassen, bis sie ihn vollkommen von ihrer Reue überzeugt hätte. Wie ich schon sagte, es widerte mich an, und ich bin damals auf der Stelle aus dem Kirchenrat ausgetreten.«

»War Barton die ganze Sitzung über anwesend?«

»Nein, er wurde nur hereingeholt, um das ›Urteil‹ zu hören.«

»Dann wußte er also nicht, wer was gesagt hatte?«

»Nein, aber er kann es ja später erfahren haben. Das alles hat sich natürlich in Windeseile in der Stadt herumgesprochen. Sie können sich sicher vorstellen, was es für ein Gerede gegeben hat. Ellen konnte sich nicht mehr in der Öffentlichkeit zeigen, und ich fürchte, ihr Privatleben mit Richard war auch nicht angenehmer. Nach einer Woche hängte sie sich auf. Danach machte sich jeder Vorwürfe, am meisten wohl Barton selbst. Er reagierte eigenartig. Obwohl er die Sache selbst der Kirche vorgetragen hatte, schien er sie für das Geschehene verantwortlich zu machen. Er hat dann nie wieder den Gottesdienst oder eine Sitzung des Kirchenrats besucht. Er hat sich von all seinen Freunden abgewandt und sich in seine Arbeit vergraben. Heute besitzt er das größte Unternehmen am Ort — und hat noch immer keinen Freund.«

»Nicht einen einzigen, Sir?«

»Nun, vielleicht könnte man mich als seinen Freund bezeichnen. Er besucht mich gelegentlich, um mit mir zu reden oder Schach zu spielen. Ich glaube, das ist die einzige Gelegenheit, bei der er menschliche Züge zeigt.«

»Zweifelsohne deshalb, weil Sie der einzige waren, der seine Frau nicht verdammt hat.«

»Ich weiß es nicht. Wir haben nie darüber gesprochen. Ich habe es ihm zuerst übelgenommen, daß er seine privaten Probleme — und die seiner Frau — vor dem Kirchenrat ausgebreitet hat. Wir haben uns lange Zeit nicht gesehen. Dann wurde mir klar, daß er ein sehr einsamer Mensch war, und ich wollte ihm helfen. Zuerst hat er auf meine Annäherungsversuche nicht reagiert, aber eines Tages kam er dann doch hierher, und seitdem besucht er mich gelegentlich.«

»Das ist eine außerordentlich bedeutsame Geschichte«, meinte Myrtle. »Jetzt würde ich von Ihnen gern noch eines wissen. Wer waren die anderen Mitglieder des Kirchenrats?«

»Ein paar sind gestorben oder von hier weggezogen. Torridge war, wie Sie wissen, Pfarrer, Cherrington sein Kirchenvorsteher; dann war da Gannett und auch Miß Beatrice. Das waren alle.«

»Und auch Gannett war gegen Mrs. Barton, Sir?«

»Aber nein. Er war damals gar nicht dabei. Er hatte schon begonnen, in Ungnade zu fallen, wie Torridge das nannte, und ist nicht oft zu den Sitzungen gekommen. Kurz darauf hat ihm Torridge wegen seiner Trinkerei und seinem dauernden Fehlen Vorhaltungen gemacht, und der arme Gannett ist zurückgetreten.«

»Aber er war damals Mitglied. Und was ist mit Emily Vinton?«

»Sie war nie im Kirchenrat. Sie sagte immer, sie könne Sitzungen nicht ausstehen.«

»Dann bleiben also nur noch Sie, Sir?«

Der Friedensrichter lächelte.

»Ja«, meinte er, »ich bin der einzige Überlebende.«

23 Das Netz zieht sich langsam zu

Auf dem Rückweg vom Manor House war Myrtle so tief in Gedanken versunken, daß er die Regenschauer kaum bemerkte, die über die düstere Winterlandschaft fegten. Erst als sein Fahrer das Tempo verlangsamte, hob er den Kopf. Sie überquerten gerade die klapprige Brücke über den Gaggle, der durch den Regen zu einem reißenden Strom geworden war.

»Die alte Brücke wird bald zusammenkrachen«, meinte sein Fahrer, aber selbst diese Bemerkung konnte Myrtles Interesse nicht von dem Problem ablenken, das ihn beschäftigte.

Myrtle war jetzt ganz sicher, daß die Geschichte, die Norris Beynard ihm erzählt hatte, der Schlüssel zu den geheimnisvollen Mordtaten der letzten Wochen war. Warum aber tauchte diese uralte Geschichte gerade jetzt wieder auf?

War am Ende Barton selbst der Mörder? War es der Seemann, der sich damals davongemacht hatte? War es vielleicht ein Verwandter von Ellen Barton?

Aber das wichtigste war jetzt nicht die Untersuchung der verübten Verbrechen, sondern die Verhinderung eines weiteren Mordes. Norris Beynard war offensichtlich in Gefahr. Er war zwar mit Barton befreundet, aber vielleicht täuschte Barton diese Freundschaft ja nur vor.

Als Myrtle auf dem Polizeirevier ankam, ließ er sich gleich mit Snottisham verbinden und vereinbarte ein Treffen mit dem Chief Constable. Er hätte gern auch mit Joss gesprochen, aber der war immer noch mit dem Dienstmann beschäftigt.

Der Chief Constable zeigte sich sehr erstaunt, als er Myrtles Bericht hörte. Er war erst 1925 in die Gegend versetzt worden und hatte von dem Fall Barton nie gehört; Heskell dagegen hatte damals nur mitbekommen, daß sich die Frau eines Bauunternehmers umgebracht hatte.

Auch der Chief Constable war um die Sicherheit des Friedensrichters besorgt und veranlaßte deshalb die Bewachung von Manor House. Außerdem ordnete er an, daß ein paar Leute von Scotland Yard Barton beschatten sollten.

Es wurde schon dunkel, als Myrtle nach Great Norne zurückkehrte. Inspektor Heskell und einer seiner Beamten übernahmen die erste Wache vor Bartons Haus, während Myrtle sich auf den Weg zu Constable Flaish machte; Heskell hatte ihm nämlich gesagt, daß Flaish aus Great Norne stammte und höchstwahrscheinlich eine ganze Menge über Ellen Barton wußte.

Flaish war offensichtlich hoch erfreut darüber, daß man sich für seine Informationen interessierte. Er konnte sich noch gut an die ganze Geschichte erinnern; Ellen Vaughan war ein hübsches Mädchen gewesen, und Flaish hatte nie verstehen können, warum sie sich an einen Griesgram wie Barton gebunden hatte. Der junge Matrose — Benbow hatte er geheißen — war ein lebhafter junger Kerl gewesen, der Ellen innerhalb kurzer Zeit den Kopf total verdreht hatte.

Flaish wußte nicht, ob dem jungen Seemann klar gewesen war, was Barton getan hatte. Feststand, daß er die Stadt verlassen hatte, bevor die Sache allgemein bekannt wurde; er war telegrafisch auf sein Schiff zurückbeordert worden. Flaish konnte auch nicht sagen, ob er vielleicht später davon erfahren hatte; er wußte nur, daß der arme Mann nie zurückgekommen war. Myrtle beschloß, sich mit dem Marineministerium in Verbindung zu setzen. Selbst ohne Dienstnummer oder Vornamen sollte es doch nicht allzu schwer sein, einen seltenen Namen wie Benbow ausfindig zu machen. Aber es schien wenig wahrscheinlich, daß ein Mann, der zum Zeitpunkt der Tragödie so wenig Interesse gezeigt hatte, achtzehn Jahre später wieder auftauchte und in einer blutigen Mordserie Menschen umbrachte, die er wahrscheinlich nie zuvor gesehen hatte.

Bis Myrtle sein Gespräch mit Flaish beendet hatte, war auch Joss wieder zurück, und er ließ sich gleich von ihm Bericht erstatten. Joss erzählte ihm von seinen Unterhaltungen mit Chell und Blake, wobei er betonte, daß keiner der beiden auf ihn einen wahnsinnigen oder besonders gewalttätigen Eindruck gemacht hatte, auch wenn Chell einen etwas schaurigen Sinn für Humor hatte und Blake nicht gerade zimperlich wirkte.

Joss erklärte, daß er sich bei seinen Ermittlungen mehr auf den Dienstmann konzentriert hätte, weil er gegen Chell nichts in der

Hand gehabt hatte. Blake hatte behauptet, er sei ›nach Einbruch der Dunkelheit‹ — später gab er die Zeit mit ›so gegen sieben‹ an — auf dem Weg zum Eisenhändler am Haus der Vintons vorbeigekommen. Joss hatte bei dem Händler nachgefragt, und dort hatte man ihm gesagt, daß der Dienstmann tatsächlich gegen sieben vorbeigekommen sei; Mr. Coote war zwar selbst nicht da gewesen, aber ein Dienstmädchen hatte mit ihm gesprochen. Auch sie gab die Zeit mit ›ungefähr sieben Uhr‹ an. Blakes Geschichte von dem nicht eingetroffenen Paket wurde ebenfalls bestätigt. Die Bahnbeamten erinnerten sich daran, daß er gegen halb vier gekommen war.

»Das war, bevor der erste Mord begangen worden sein kann, Sir, aber wenigstens beweist es, daß er die Wahrheit sagt.«

»Woher wollen Sie wissen, daß der Mord nach halb vier begangen wurde?« fragte Myrtle scharf. »Nur, weil es später dunkel war?«

»Nein, Sir. Ich durfte heute kurz mit dem Hausmädchen sprechen. Sie hat mir erzählt, daß sie am Nachmittag noch mal zurückgekommen ist, um der alten Dame Tee zu machen, die Vorhänge zuzuziehen und das Feuer im Kamin zu schüren. Sie ist dann gegen halb fünf wieder gegangen.«

»Das ist eine nützliche Zeitangabe, obwohl ich eigentlich einen früheren Zeitpunkt angenommen hatte. Haben Sie sie sonst noch etwas gefragt?«

Joss zögerte.

»Ja, aber ich weiß nicht, ob es richtig war. Eines hat mir bei diesem Mord keine Ruhe gelassen — und zwar die Vorhangschnur, mit der die beiden erdrosselt worden sind. Sie meinten doch, der Mörder habe sie vor den Augen der alten Dame abgeschnitten, weil sie ohnehin stumm war. Der Gedanke hat mich beschäftigt. Ich habe mich gefragt, ob Stummheit gleichbedeutend ist mit der Unfähigkeit, Geräusche von sich zu geben. Deshalb habe ich Minnie — das Hausmädchen — gefragt, und sie hat mir gesagt, daß Miß Beatrice sehr wohl Laute von sich geben konnte. Sie hat sich einmal verbrüht und dabei einen Schrei ausgestoßen, daß das ganze Haus zusammengelaufen ist.«

Myrtle schaute seinen jungen Kollegen nachdenklich an.

»Das ist ja äußerst interessant, Joss«, sagte er.

Kurz vor sieben Uhr morgens rief Myrtle Sergeant Plett und seinen Kollegen von ihrem Posten vor Bartons Haus ab. Sie berichteten, daß sie Barton nicht gesehen hatten. Myrtle benutzte die Gelegenheit dazu, um Plett zu fragen, ob er im ›Silver Herring‹ schon mal den Dienstmann Blake getroffen hatte, und insbesondere, ob er ihn in der Nacht des Feuers gesehen hatte. Er berichtete Plett, was Blake Joss über den fraglichen Abend erzählt hatte.

Plett lachte.

»Die Geschichte kann ich bestätigen. Was immer Blake an dem Abend auch getan haben mag — und für Geld täte der sicher einiges —, Gannetts Haus hat er bestimmt nicht angezündet. Dazu war er zu betrunken. An dem Abend waren alle ziemlich voll; Blake konnte gar nicht mehr gerade gehen, und er hat sich noch eine Flasche mitgenommen. Ich bin kurze Zeit nach ihm gegangen, und ich habe das Feuer vom Hafen aus auch bemerkt, obwohl es zu dem Zeitpunkt erst schwach zu sehen war. Ich war erst ein paar Schritte weit gegangen, als ich fast über Blake stolperte. Er schlief in seinem Karren, stank nach Schnaps und war offensichtlich sturzbetrunken. Also für diesen Abend bekommt er sein Alibi von mir.«

»Er scheint mit der ganzen Sache auch nichts zu tun zu haben, auch wenn er zu einem sehr kritischen Zeitpunkt vor dem Haus ›Chestnuts‹ gesehen worden ist. Ich selbst bin ja der Meinung, daß Barton unser Mann ist, aber ihm das zu beweisen, wird schwierig sein. Wir haben ja nur ein paar Fakten gegen ihn in der Hand. Es war seine Firma, die bei Colonel Cherrington den Schrank eingebaut hat, in dem der Mörder sich versteckt hat. Und wer weiß besser als ein Bauunternehmer, wie man in ein Haus einsteigt oder ein Schloß aufbricht? Er hat vielleicht sogar Zweitschlüssel; schließlich hat er ja dreiviertel der Häuser hier gebaut.«

Nach seinem Gespräch mit Plett ging Myrtle frühstücken und machte sich dann bis zehn Uhr Notizen. Dann gab er Joss den Auftrag, im Ort weitere Nachforschungen über den Matrosen Benbow anzustellen, und, wenn möglich, auch über Ellen Bartons Beziehungen zu ihm. Er selbst begab sich in Mr. Bartons Büro. Dort sagte man ihm, daß der Bauunternehmer nicht da sei.

»Kommt er bald zurück?« fragte Myrtle.

»Weiß nicht. Er ist gestern gleich nach dem Mittagessen gegangen, und bis jetzt ist er nicht zurückgekommen.«

»Wissen Sie, wohin er gegangen ist?«

»Keine Ahnung. Mir vertraut er so was nicht an.«

Myrtles Blick wanderte prüfend durch den Raum. Es war ein großes Büro, das zum Teil als Lagerraum genutzt wurde. Eine Wand war voller Regale und Ablageflächen. Eine dieser Ablagen erregte Myrtles Neugier. Er ging hinüber und betrachtete sie näher. Tatsächlich — darauf lag wirklich eine große Rolle grüner Vorhangschnur.

»Verkaufen Sie dieses Zeug hier?« fragte er.

»Nein, wir verkaufen gar nichts; das verwenden wir alles selbst. So etwas kriegen Sie beim Eisenwarenhändler; Coote oder Pillford haben es sicher vorrätig.«

»Danke. Sagen Sie, wären Sie vielleicht so nett und würden einen Ihrer Kollegen fragen, wann Ihr Chef voraussichtlich zurückkommt?« Der junge Mann zögerte.

»Ich darf das Büro nicht unbewacht lassen.«

»Na, einem Polizeibeamten werden Sie doch wohl vertrauen«, meinte Myrtle lachend.

Kurze Zeit später hatte er das Büro für sich. Er zog ein Taschenmesser aus seiner Jacke und schnitt sich ein Stück von der Schnur ab. Er war sicher, daß es sich um die gleiche Schnur handelte, mit der Beatrice und Emily Vinton erdrosselt worden waren.

24 Ein Fuchs wird aus dem Bau gelockt

Barton kam mittags zurück. Myrtle hatte den jungen Angestellten gebeten, ihn anzurufen, sobald sein Chef wieder da war. In der Zwischenzeit überlegte Myrtle sich, wie er weiter vorgehen sollte. Am liebsten hätte er ja mit seinem Gespräch mit Barton gewartet, bis er mehr gegen ihn in der Hand hatte, aber die drohende Gefahr eines weiteren Mordes zwang ihn zu schnellem Handeln.

Wenn Barton allerdings wirklich der Mörder war, konnte er nicht normal sein; unter Umständen würde er sogar sehr gefährlich werden, wenn er sich in die Enge getrieben fühlte. Barton würde zwar einen tödlichen Fehler begehen, wenn er einen Polizeibeamten angriff, aber für den toten Polizisten wäre das wohl ein schwacher Trost.

Myrtle nahm deshalb bei seinem zweiten Besuch vorsichtshalber Joss mit und postierte ihn vor dem Haus; außerdem steckte er sich noch eine Automatik und eine Trillerpfeife ein.

Bartons Haushälterin öffnete ihm die Tür.

»Ist Mr. Barton zu Hause?« fragte Myrtle.

»Ja, aber ich weiß nicht, ob er . . .«

»Das ist schon in Ordnung; Mr. Barton erwartet mich«, log Myrtle und marschierte an ihr vorbei in die Küche.

Der Bauunternehmer saß am Tisch und las Zeitung, blickte aber schnell auf, als der Detektiv eintrat.

»Tut mir leid, daß ich Sie schon wieder stören muß, Mr. Barton«, sagte Myrtle, »aber es gibt da einige . . .«

»Wie sind Sie hereingekommen?« unterbrach Barton ihn barsch.

»Ihre Haushälterin hat mir geöffnet, aber ich wollte ihr die Mühe sparen, mich hereinzuführen.« Myrtle merkte, daß die Frau unruhig hinter ihm stand. Er hatte die Befürchtung gehabt, daß Barton ihn nicht empfangen würde, wenn er sich anmelden ließ, und hatte sich deshalb so eigenmächtig Einlaß verschafft, auch wenn er damit ein Risiko eingegangen war.

Barton zögerte.

»In Ordnung, Mrs. Jackson«, meinte er schließlich kurz.

Sobald sie die Tür hinter sich zugemacht hatte, nahm Myrtle unaufgefordert Platz.

»Sie sind weg gewesen, Mr. Barton?«

»Ja, geht Sie das etwas an?«

»Es interessiert mich. Niemand schien zu wissen, wo Sie waren.«

Barton starrte ihn an. Sein Gesicht war vor Zorn gerötet, und um seinen Mund herum zuckte es.

»Ich habe meine Schwester in Snottisham besucht. Sie ist plötzlich krank geworden. Das können Ihre Leute ja nachprüfen.«

»Danke«, meinte Myrtle ruhig, »ich werde es veranlassen. Nun etwas anderes. Sie erinnern sich doch, daß ich Ihnen ein paar Fragen über Albert Gannett gestellt habe. Würden Sie mir vielleicht sagen — es handelt sich hier um eine reine Routinefrage, die wir all seinen Bekannten stellen —, wo Sie in der Brandnacht waren, in der Nacht, als er starb?«

»Ich weiß zwar nicht, worauf, zum Teufel, Sie hinauswollen, aber ich war hier. Ich bin immer hier. Manchmal arbeite ich auch bis spät im Büro, aber ich bin immer entweder dort oder hier.«

»Kann das jemand bestätigen? Ihre Haushälterin vielleicht?«

»Die geht nach Hause, wenn ich zu Abend gegessen habe. Ich will in meinem Haus keine Frau haben.«

Bartons Stimme hatte einen rauhen Klang bekommen.

»Nun, das bringt mich ja nicht gerade weiter«, meinte Myrtle.

»Jetzt noch zu einem anderen Datum — dem Weihnachtsabend. Soviel ich weiß, war da doch irgendeine Veranstaltung, ein Essen oder so.«

»Wenn Sie das Weihnachtsessen der British Legion meinen — ich bin kein Mitglied. Ich war auch auf keinem anderen Fest, ich mache mir aus so was nichts. Ich war hier, und zwar allein.«

»Dann hab' ich eben Pech gehabt. Und wie ist es mit Dienstagnacht; letzten Dienstag, meine ich? Wo waren Sie da zwischen 16.30 und 22 Uhr?«

Myrtle bemerkte, wie Bartons Hand sich fester um die Lehne seines Stuhles schloß. Sein Gesicht war rot angelaufen.

»Wozu stellen Sie mir all diese Fragen?« fragte er rauh. »Das ist doch die Nacht, in der die beiden alten Damen umgebracht worden sind. Und am Weihnachtsabend hat sich der Colonel erschossen. Dann das Feuer bei Gannett. Was soll das alles?«

Myrtle wurde klar, daß es nun Zeit für irgendeine Überrumpelungstaktik war; er mußte jetzt alles in die Schlacht werfen. Er beantwortete die Frage in erheblich schärferem Ton.

»In den letzten zehn Wochen sind fünf Menschen eines gewaltsamen Todes gestorben. Gegen mindestens vier von ihnen sollen Sie angeblich etwas gehabt haben. Sie alle waren Mitglieder des Kirchenrats, vor den Sie die Geschichte mit Ihrer untreuen Frau gebracht haben, und Sie . . .«

Barton sprang auf, und sein Stuhl fiel krachend um.

»Machen Sie, daß Sie aus meinem Haus kommen!«

Auch Myrtle war aufgestanden.

»Sie haben meine Frage nicht beantwortet«, meinte er gelassen. »Wo waren Sie . . .«

»Raus, sage ich!«

Barton machte ein paar Schritte auf ihn zu und Myrtles Hand fuhr in die Tasche. Der Bauunternehmer blieb plötzlich stehen, und die Farbe wich aus seinem Gesicht. Er sank aufstöhnend in einen Stuhl und vergrub das Gesicht in seinen Händen. Im gleichen Augenblick öffnete sich die Tür, und die Haushälterin blickte besorgt herein.

»Mr. Barton fühlt sich nicht sehr wohl«, meinte Myrtle und ging.

Jetzt war das Öl im Feuer; er hatte eine glatte Bauchlandung gemacht. Myrtle war unzufrieden mit sich, alles war so gar nicht sein Stil gewesen. Aber es entsprach den Vorstellungen des Chief Constables, und theoretisch arbeitete er ja unter ihm. »Locken Sie den Fuchs aus seinem Bau«, hatte er ihm noch geraten. Falls Barton vorhatte, Beynard umzubringen, würde er jetzt schnell handeln müssen.

Während Myrtle mit Joss zurück zum Revier ging, quälte er sich mit Vorwürfen. Auf dem Revier schrieb er zuerst seinen Bericht; dann überlegte er, wie er weiter vorgehen sollte. Er war sich noch immer nicht völlig sicher, ob Barton schuldig war oder nicht. Alles deutete zwar auf ihn als Täter, aber wo war der Beweis?

Es gab keinen, und dieser unangenehmen Tatsache war sich Myrtle sehr wohl bewußt. Unter normalen Umständen hätte er einfach weitergearbeitet und geduldig so lange Beweise zusammengetragen, bis er dem Täter die Schuld nachgewiesen hätte, selbst wenn darüber Monate vergangen wären.

Aber in diesem Fall hatte er nicht wochenlang Zeit. Es war unmöglich, Barton über einen längeren Zeitraum hin so gut zu beschatten, daß er keine Gelegenheit erhielt, einen Mord zu begehen. Es war keine Zeit für raffinierte Methoden.

Zuerst mußte er sich Bartons Fingerabdrücke besorgen. Dann würde er versuchen festzustellen, ob Barton jenes gelbliche Papier besaß, das für den Drohbrief an den Colonel verwendet worden war. Man mußte auch prüfen, ob Barton in der Nähe irgendeines Tatorts gesehen worden war. War er Whiskytrinker, oder hatte er kurz vor Torridges Tod Whisky gekauft? Hatte er wissen können, wo der Colonel seinen Revolver aufbewahrte? Waren auch seine Fingerabdrücke auf einem von Gannetts Gläsern? Was Gannett betraf, so stand Myrtle jetzt noch eine zusätzliche Information zur Verfügung. Es war festgestellt worden, daß er vor seinem Tod einen heftigen Schlag gegen die linke Schläfe erhalten hatte. Wenn der Täter also von hinten zugeschlagen hatte, mußte er Linkshänder sein; sollte er Rechtshänder sein, mußte er von vorn zugeschlagen haben, was darauf hindeutete, daß er sein Opfer gut gekannt hatte.

All diese Möglichkeiten mußten überprüft werden. Zunächst aber mußten Bartons Haus und Büro wieder beobachtet werden. Gott sei Dank lagen die Gebäude nebeneinander, so daß drei Beamte dafür genügten; Plett und ein Constable standen vor dem Haus, während Constable Gwylliam hinter dem Gebäude postiert war.

Am Nachmittag kam Constable Bridger aus Snottisham mit Nachrichten von Superintendent Kneller. Man hatte festgestellt, daß Bartons Schwester tatsächlich krank war und er sie besucht hatte. Die Nacht über war er allerdings nicht geblieben, und bis jetzt hatte man noch nicht feststellen können, wo er sie verbracht hatte.

Um sich etwas zu entspannen, spielte Myrtle mit Joss eine Partie Schach. Bald waren sie in ihr Spiel so vertieft, daß sie das Läuten des Telefons erst nach einer Weile hörten. Constable Batt war am Apparat.

»Barton ist uns entwischt, Sir. Er ist durch den Hinterausgang verschwunden. Plett verfolgt ihn; wahrscheinlich laufen sie in westlicher Richtung, also möglicherweise zu der Straße, die über die Holzbrücke hinüber zum Manor House führt.«

»Gut. Beobachten Sie Bartons Haus trotzdem weiter, vielleicht kommt er zurück.«

Myrtle legte auf und warf einen Blick auf seine Uhr. Es war fünf nach halb sieben.

»Kommen Sie, Joss, wir müssen sie finden. Die Jagd geht los; wir haben den Fuchs aus seinem Bau gelockt.«

Die zwei Detektive zogen eiligst ihre Regenmäntel an und liefen nach draußen, wo Constable Bridger schon mit dem Wagen wartete.

»Wenn er zum Manor House will, muß er über die Holzbrücke«, sagte Joss. »Zu Fuß braucht er bis dahin eine halbe Stunde.«

»Gut. Wir werden ihn dort abfangen.«

Etwa zwei Kilometer vor der Brücke tauchte im Licht der Scheinwerfer plötzlich die Gestalt eines Mannes auf, der sich mühsam gegen die stürmischen Regenböen vorwärts bewegte.

»Da ist er!« rief Myrtle.

Aber als sie die Gestalt überholten, sahen sie, daß es Sergeant Plett war und hielten an. Plett ließ sich neben Joss auf den Rücksitz fallen und keuchte erschöpft: »Er hat mich abgehängt.«

»Schon gut, Mann, Sie haben Ihr Bestes getan«, meinte Myrtle. »Vorwärts jetzt, Bridger, wenn er auf dieser Straße läuft, erwischen wir ihn.«

Aus dem Vorwärts wurde allerdings nichts. Ein paar Meter weiter war ein Baum auf die Straße gestürzt; sie mußten aussteigen und die Verfolgung zu Fuß aufnehmen. Der Wind blies sie fast um, und das Heulen des Sturms war ohrenbetäubend.

Sie waren noch nicht weit gekommen, als sie plötzlich noch ein Geräusch bemerkten, ein lautes und tiefes Grollen. Myrtle konnte es sich zunächst nicht erklären; dann wurde ihm klar, daß es der reißende Fluß sein mußte. Die Aussicht, die klapprige Holzbrücke überqueren zu müssen, erschien ihm wenig verlockend; jetzt fiel ihm auch die Bemerkung wieder ein, die sein Fahrer am Tag zuvor über die Brücke gemacht hatte: »Die alte Brücke wird bald zusammenkrachen.«

Diese düstere Prophezeiung schien sich jetzt zu bestätigen. Das Tosen des Windes und das Rauschen des Flusses wurde jetzt von einem häßlichen Krachen übertönt, und Augenblicke später hörte man, wie etwas laut krachend in sich zusammenstürzte. Durch all diesen Lärm drang noch ein Laut — ein durchdringender Schrei, ein Schrei der Angst oder des Schmerzes und dann — Stille. Nur der Fluß und das Heulen des Windes in den Bäumen waren noch zu hören.

»Mein Gott, er war auf der Brücke!«

Die drei Männer rannten los. Im Schein von Myrtles starker Taschenlampe sahen sie, daß von der Brücke nur noch Überreste aus dem Wasser ragten. Daran geklammert hing ein Mann und starrte sie aus schreckgeweiteten Augen an; sein Gesicht war leichenblaß.

»Es ist Barton!«

»Da kommt er nie selbst raus; wir müssen ihm helfen.«

Plett warf sich auf die Erde und robbte abwärts, bis er die Arme des Ertrinkenden erreichen konnte; Joss hielt ihn dabei an den Beinen fest. Myrtle hatte sich ebenfalls auf den Bauch geworfen und hielt Joss' Beine; insgeheim wünschte er, daß Bridger die seinen halten würde. Mit vereinten Kräften gelang es ihnen schließlich, Barton langsam aus dem Wasser zu ziehen und ihn auf die Straße zu bringen. Plett kniete neben ihm nieder und drehte ihn auf den Rücken. Seine Augen waren offen, und er atmete keuchend, schien aber die Männer um sich herum nicht wahrzunehmen.

»Schock«, murmelte Myrtle. »Wir müssen ihn zum Wagen bringen. Seine Aussehen gefällt mir gar nicht.«

Bartons Gesicht hatte einen ungesunden grünen Ton angenommen, und seine Augen blickten stumpf und leblos. Er schien jetzt kaum noch zu atmen.

Plett und Joss bückten sich, um ihn an Armen und Beinen hochzuheben, aber plötzlich schien Barton etwas sagen zu wollen.

Er keuchte, aber er brachte kein Wort über die Lippen. Dann fiel plötzlich sein Kopf zur Seite, und sein ganzer Körper schien in sich zusammenzusacken.

Myrtle riß ihm schnell Jacke und Hemd auf und legte ihm die Hand auf das Herz. Nach einer Weile zog er langsam seine Hand zurück.

»Mein Gott«, murmelte er. »Der Mann ist tot.«

25 Letzte Ermittlungen

»Ich fürchte, Sir, die Sache hat ein unbefriedigendes Ende genommen. Aber wenigstens ist sie zu Ende.«

Chefinspektor Myrtle saß zusammen mit Kneller und Joss im Büro des Chief Constable in Snottisham.

»Gott sei Dank«, meinte Major Statford nüchtern. »Glauben Sie, daß er auf dem Weg zu Beynard war, um ihn umzubringen?«

»Ja, er muß gemerkt haben, daß wir ihm auf der Spur waren und hat in dem Sturm seine Chance gesehen.«

»Ja, wahrscheinlich haben Sie recht. Und dennoch — eigentlich haben wir gegen ihn nicht viel in der Hand, oder?«

Myrtle wurde unruhig. Er wollte endlich zurück nach London, und jetzt war eingetreten, was er befürchtet hatte: Statford würde darauf bestehen, daß er die Ermittlungen zu Ende führte.

»Nein, für eine Verhaftung hätten unsere Beweise nicht ausgereicht. Für die nötigen Ermittlungen hätten wir sicher Wochen gebraucht, und in der Zwischenzeit hätte immer die Gefahr eines neuen Opfers bestanden.«

»Ja. Vorausgesetzt, die Verbrechen hängen wirklich mit dieser alten Geschichte zusammen und waren nicht das Werk eines Verrückten. Darüber hätte ich gern Gewißheit.«

Myrtle seufzte innerlich, obwohl er die Bedenken des Majors verständlich fand.

»Was ist eigentlich mit diesem Matrosen? Haben Sie über den schon etwas herausgefunden, Myrtle?«

»Benbow, Sir? Über den habe ich heute morgen einen Bericht bekommen.« Er zog einen Umschlag aus der Tasche. »Es heißt darin, daß er im Oktober 1920 desertiert ist. Dann ist noch eine Personenbeschreibung dabei. Braune Haare, graue Augen; besondere Kennzeichen: Blinddarmnarbe, Schmetterlingstätowierung auf der linken Brust.«

»So hat er wahrscheinlich vor vierundzwanzig Jahren ausgesehen, als er zur Marine gegangen ist; das wird uns nicht viel nutzen, er muß ja inzwischen etwa zweiundvierzig sein. Wie dem auch sei, wir brauchen einen klaren Beweis dafür, daß Barton der Täter war. Wollen Sie uns dabei helfen, Myrtle?«

»Sicher. Es gibt hier noch einige Routineermittlungen durchzuführen, und das ist meine Aufgabe.«

»Wenn wir diesen Fall abschließen wollen, Joss, müssen wir Barton mindestens in einem Fall die Schuld nachweisen«, sagte Myrtle, als sie nach Great Norne zurückfuhren. »Am besten konzentrieren wir uns auf den Fall Vinton; Sie haben da doch jemanden verhört.«

»Ja, Sir, diesen Blake.«

»Ach ja, einen Ihrer Kandidaten für Ihre Theorie von dem wahnsinnigen Mörder«, sagte Myrtle grinsend. »Damit sind Sie ja nicht weit gekommen.«

»Nein, Sir, aber ich hatte ja auch nicht viel Zeit.«

»Die haben Sie aber jetzt auch nicht. Wir müssen uns auf etwas Wichtigeres konzentrieren. Fahren wir erst mal zu Bartons Büro.«

Dort wurde er von dem jungen Angestellten empfangen.

»Mr. Hopper, ich möchte von Ihnen gern wissen, was Mr. Barton am Dienstagnachmittag und am Dienstagabend gemacht hat«, sagte Myrtle. »Zwischen 16 und 18 Uhr.«

»Genau weiß ich das nicht, weil ich selbst eine Stunde weg war; Mr. Barton hatte mich zum Bahnhof geschickt, um nach einer Ladung Holz zu fragen, die nicht angekommen war. Ich bin erst kurz vor sechs zurückgekommen.«

Barton war also eine halbe bis dreiviertel Stunde allein gewesen. Wahrscheinlich lange genug für den Mord an Beatrice Vinton; für den Mord an Emily konnte er dann später zurückgekommen sein. Wie aber hatte er wissen können, daß Emily erst um sieben Uhr kommen würde? Myrtle beschlich ein unangenehmes Gefühl des Zweifels, als er mit Joss hinüber zu Bartons Wohnhaus ging, wo sie von Mrs. Jackson empfangen wurden. Schon bei Myrtles erster Frage brach sie in Tränen aus.

»Ich habe ihm gleich gesagt, daß die Brücke bei dem Sturm nicht sicher ist. Mr. Beynard hätte ihn nicht zu sich bitten dürfen.«

Myrtle starrte sie entgeistert an.

»Sie wußten, daß er zum Manor House wollte?«

»Ja, Mr. Beynard hat angerufen und gesagt, daß er ihn dringend sprechen müßte.«

Myrtles weitere Befragung ergab, daß Barton aus seinem geplanten Besuch bei Beynard kein Geheimnis gemacht hatte. Er hatte ihr sogar erzählt, daß er zur Hintertür hinausgehen würde, weil er glaube, daß die Polizei sein Haus beobachtete. Eigenartiges Verhalten für einen Mörder, dachte Myrtle, den inzwischen immer stärkere Zweifel plagten. Und warum, um alles in der Welt, hatte Beynard ihn bloß zu sich bestellt, nachdem man ihn erst am Tag zuvor gewarnt hatte, daß er vielleicht das nächste Opfer des Mörders werden könnte?

Von Mrs. Jackson gingen die zwei Detektive dann zurück zum Revier, von wo aus Myrtle sich mit dem Manor House verbinden lassen wollte, um sich die Geschichte bestätigen zu lassen, die Mrs. Jackson ihm erzählt hatte.

Nach kurzer Wartezeit tönte aus dem Hörer die Stimme der Telefonistin: »Tut mir leid, die Leitung ist gestört.«

»Gestört? Was soll das heißen?«

»Die Verbindung ist seit gestern morgen unterbrochen.«

Myrtles Augen funkelten aufgeregt.

»Stellen Sie bitte fest, ob Mr. Barton gestern gegen vier Uhr ein Anruf durchgestellt worden ist.«

»Tut mir leid, wir führen über die Gespräche nicht Buch.«

Der gelangweilte Tonfall der Telefonistin regte Myrtle auf.

»Junge Frau, ich untersuche eine Mordserie. Ich erwarte Ihre

Unterstützung. Ich komme in zehn Minuten persönlich vorbei, und dann will ich diese Information haben.«

Er bekam sie. Die Aussicht, vielleicht in der Zeitung zu erscheinen, beflügelte Miß Jook zu ungeahnter Energie und erweckte sogar einen Anflug von Verstand. Nach einer halben Stunde wußte Myrtle, daß Barton am Vortag um 15.55 von der Zelle vor dem Bahnhof aus einen Anruf erhalten hatte.

Myrtle und Joss eilten zum Bahnhof, aber dort konnte ihnen niemand sagen, wer zur fraglichen Zeit telefoniert hatte.

»Vielleicht hat Crooky Blake jemanden gesehen«, meinte ein älterer Gepäckträger.

»Wo steckt er?«

Crooky Blake war jedoch an diesem Tag noch nicht gesehen worden.

»Kommen Sie, Joss, wir müssen ihn finden. Wo könnte er sein?«

»Vielleicht in seiner Hütte am Hafen.«

»Dann gehen wir. Vielleicht treffen wir unterwegs jemanden, der weiß, wo er ist.«

Aber niemand hatte den Dienstmann gesehen. Ein alter Fischer berichtete, daß er am Abend zuvor nicht im ›Silver Herring‹ gewesen war.

Als die zwei Detektive sich den Hütten näherten, drang aus der einen etwas, das sich wie der schwache Aufschrei eines Mannes anhörte. Sie klopften an die Tür, erhielten aber keine Antwort. Myrtle öffnete die Tür.

In der Ecke des Raumes stand eine alte Frau — Ma Hirdle — über ein Bett gebeugt.

»Ist das Mr. Blake?« fragte Myrtle leise.

Ma Hirdle starrte ihn an, dann begann sie zu wimmern.

»Es geht ihm schlecht. Ich weiß nicht, was ich tun soll. Er ist gestern nacht ins Wasser gefallen. Hat sich dann bis hierher geschleppt, klitschnaß. Ich habe ihn irgendwie ins Bett gekriegt. Er phantasiert schon die ganze Zeit. Er zittert auch am ganzen Körper und ist ganz heiß.«

»Fieber«, meinte Myrtle knapp. »Er hat phantasiert? Was hat er denn gesagt?«

In den Augen der Frau erschien ein Ausdruck des Mißtrauens. Sie schüttelte den Kopf und murmelte etwas in sich hinein. Die zwei Detektive traten an das Fußende des Bettes und blickten auf den Kranken hinab. Blake ging es offensichtlich sehr schlecht. Sein Gesicht glühte, seine Augen glänzten und sein Blick war starr. Sein unrasiertes Gesicht und sein zerzaustes Haar ließen ihn noch wilder aussehen.

Plötzlich brach ein Schwall von Worten aus ihm heraus; zuerst völlig unverständlich, dann etwas deutlicher:

»Warum kommt er nicht? Er und ich ... Endlich ... Der letzte! Er oder ich ... Er oder ich ... Da kommt er!«

Dann schrie er plötzlich auf.

»Mein Gott; sie bricht zusammen!«

Der Schrei fuhr den Männern in die Glieder und ließ sie erschauern. Die alte Ma Hirdle wimmerte und rang ihre knochigen Hände.

Myrtle schob sie sanft zur Seite und beugte sich über den Kranken.

»Bringen Sie mir mal die Lampe herüber, Joss«, sagte er leise.

Im Schein der Lampe öffnete Myrtle vorsichtig Blakes Schlafanzugjacke. Die Brust war stark behaart und schmutzverkrustet, aber in dem Lichtstrahl konnte man über der linken Brustwarze deutlich die Umrisse einer Schmetterlingstätowierung erkennen.

26 Gute Arbeit

Dr. Stopp runzelte die Stirn, als er das Thermometer ablas. »Er ist noch nicht transportfähig; das Fieber muß erst gedrückt werden. Ich werde aus dem Krankenhaus eine Schwester kommen lassen.«

»Geht es ihm sehr schlecht?« fragte Myrtle.

»Schlechter könnte es ihm gar nicht mehr gehen. Doppelseitige Lungenentzündung. Ich glaube nicht, daß er durchkommt.«

»Besteht die Hoffnung, daß er etwas sagt?«

»Möchten Sie das?«

»Und ob. Dieser Mann weiß alles über die Morde. Ich muß mit ihm reden. Besteht da irgendeine Aussicht?«

»Möglicherweise«, meinte Stopp zögernd. »Wenn sich die Sache so verhält, könnte ich ihn dazu bringen, aber reden Sie mit niemandem darüber.«

Nachdem er es Blake so bequem wie möglich gemacht hatte, verabschiedete sich Dr. Stopp. Auch Myrtle ging schließlich, ließ aber Joss als Wache zurück.

Es stand jetzt fest, daß es sich bei Blake um den Matrosen Benbow handelte. Es bestand auch so gut wie kein Zweifel darüber, daß er derjenige war, der der Reihe nach all die Menschen umgebracht hatte, die seiner Meinung nach seine Geliebte in den Tod getrieben hatten. Letzte Nacht hatte er die Tragödie zu Ende bringen wollen; er hatte Barton mit einem falschen Telefonanruf aus dem Haus gelockt und ihm bei der alten Holzbrücke aufgelauert, wo ihm dann die Fluten des Gaggle einen Strich durch die Rechnung gemacht hatten.

Wie der erst zweiundvierzigjährige Benbow sich allerdings in den buckligen, ältlichen Blake verwandelt hatte, war ein Rätsel, das wahrscheinlich nur Benbow selbst aufklären konnte. Aber würde er das tun? Ein Gericht würde nur seine eigene, freiwillige Aussage akzeptieren.

Dr. Stopp und die Krankenschwester weigerten sich, in der engen Hütte ständig einen Polizisten zu dulden. Myrtle beschloß deshalb, abwechselnd mit Joss in der Nachbarhütte auf Posten zu bleiben. Er ließ eine Klingel anbringen, damit die Schwester ihn notfalls jederzeit rufen konnte.

Im Laufe des nächsten Tages erkundigte er sich mehrmals, wie es Benbow ging. Gegen Abend schien sich sein Zustand zu bessern, aber erst um zehn Uhr nachts rief ihn die Schwester.

Benbows Gesicht glühte nicht mehr so stark, und seine Augen hatten ihren Fieberglanz verloren, aber er sah müde aus.

»'n Abend, Benbow«, sagte Myrtle leise zu ihm.

»Sie wissen also Bescheid?« murmelte Crooky. Er schloß die Augen, als wolle er dem Detektiv keine weitere Beachtung schenken; nach fünf Minuten aber schlug er sie wieder auf.

»Wenn Sie schon so viel wissen, hat es wohl keinen Sinn mehr. Setzen Sie sich. Ich werde reden.«

»Ich muß Sie warnen, Benbow«, sagte Myrtle. »Sie müssen mir nichts sagen, und ich habe nicht das Recht, Sie zu verhören. Aber alles, was Sie sagen, kann gegen Sie verwendet werden.«

»Das weiß ich. Aber ich habe gute Arbeit geleistet, und ich bin stolz darauf. Ich möchte keinerlei Feinheiten auslassen.«

Crooky grinste. Myrtle war aufgefallen, daß die Stimme und die Sprechweise des Mannes gar nicht zu seinem wüsten Aussehen paßten. Zweifellos war der junge Benbow, Mitglied der königlichen Marine, ein wohlerzogener Mann gewesen. Sein Auftreten hatte er sich vielleicht später als Tarnung zugelegt.

»Was wissen Sie denn schon alles?«

Nachdem Myrtle diese Frage beantwortet hatte, nickte Benbow.

»Über das Warum wissen Sie also Bescheid«, meinte er. »Jetzt möchten Sie gern wissen, wie ich es getan habe, oder?«

»Ja, aber Sie müssen es mir nicht sagen.«

»Über sie werde ich nicht sprechen, sonst bekomme ich vielleicht Lust auf einen weiteren Mord. Barton war ein dreckiges Schwein, und ich habe ihn gehaßt. Aber sie wollte ihn nicht verlassen. Ich mußte damals zurück zur Marine und konnte nicht mal